琦君說童年

◆

琦 君

著

三民書局

緣　起

　　經典，是經久不衰的典範之作——無畏時光漫長的淘選，始終如新，每每帶給讀者不一樣的閱讀感受。閱讀經典，可以使心靈更富足，了解過往歷史，並加深思考，從中獲取知識與能量；可以追尋自我，反覆探問，發現自己最真實的樣貌。經典之作不是孤高冷絕，它始終最為貼近人心、溫暖動人。

　　隨著時代更替，在歷經諸多塵世紛擾、心境跌宕後，是時候回歸經典，找尋原初的本心了。本局秉持好書共讀、經典再現的理念，精選了牟宗三、吳怡深度哲思探討的著作；薩孟武與傳統經典對話的深刻體悟作品；白萩創造文學新風貌的詩作，以及林海音、琦君溫暖美好的懷舊文章；逯耀東、許倬雲、林富士關注社會、追問過去的研讀。以全新風貌問世，作為品味經典之作的領航，讓讀者重新閱讀這些美好。期望透過對過往文化的檢視，從中追尋歷史的真實，觸及理想的淳善，最終圓融生活的感性完美。

　　這些作品，每一本都是值得珍藏的瑰寶——它們記錄著那個時代臺灣文化發展的軌跡，以及社會變遷的遞嬗；以文字凝結了歲月時光，留住了真淳美好。

　　「品味經典」邀請您一起 品 味 經 典。

一代一代流傳下去

李瑞騰

1

　　三民書局和東大圖書公司曾出版過琦君的六本書：
《琦君小品》(1966)、《紅紗燈》(1969)、《讀書與生活》
（東大，1978)、《文與情》(1990)、《琦君說童年》（純
文學，1981；三民，1996)、《賣牛記》（臺灣書店，
1966；三民，2004)；另外也出版了二本有關琦君的書：
章方松《琦君的文學世界》(2004)、宇文正《永遠的童
話──琦君傳》(2006)。在將近四十年間，三民一直努
力經營琦君文學，這表示琦君的書在書市的流動穩定。

跨世紀以來的二本傳記可互補，完整再現了琦君一生及其文學世界。

到目前為止，臺灣各大學的研究生以琦君為研究對象的學位論文，已超過三十篇；中央大學琦君研究中心辦理閱讀琦君活動，非常熱鬧；琦君故鄉溫州也不斷舉辦琦君相關活動。這種種現象，說明琦君雖辭世多年，她的人和作品都還有一定的熱度。

2

《紅紗燈》原先是在「三民文庫」裡頭，早已改版納入「三民叢刊」，現在三民將再版新印，改入「品味經典」系列，我因之而再度賞讀。《紅紗燈》寫的「是點點滴滴的生活雜感」（第一輯），「是平日讀書寫作之餘，心靈深處的些微感受與領悟」（第二輯）。相較而言，《紅紗燈》名氣大，原因是其中收入的〈髻〉、〈下雨天，真好〉、〈紅紗燈〉等，皆琦君名篇，尤其是〈髻〉，猶記得2018年初，《聯合新聞網》報導大學學測出題之事，就提到「琦君散文名作〈髻〉，透過身為大老婆的母親，和

姨娘（小老婆）梳髮髻的差異，細膩描寫元配和小三的戰爭，大學學測、指考國文科入題高達七次，白話文之冠。」並引述高中老師說，〈髻〉「宛如連戲劇般精彩，學生都讀得興趣盎然，刻畫之細膩，連男生都動容，老師還可引導討論性別平等的相關議題。」這情況就好像〈毛衣〉出自《煙愁》一樣，《紅紗燈》因此也成了琦君散文集之代表著作了。

琦君這些回憶自己兒時、書寫故鄉的散文，確實寫得感人，但她也寫她自己的兒子，也寫當下訪過的金門。此外，琦君也寫帶有知識性的小品，理性和感性兼具，我們看她出入於古代典籍，微引解說，對應著今生今世，貼切自然，合當是現代所謂學者散文了。

這書有第三輯，談寫作之靈感，談中國古代婦女與文學、韓國女作家孫素姬、糜文開伉儷及其女兒的兩本書之讀後等，視野相當寬闊。

3

《琦君說童年》，純文學版列入「純美家庭書庫」，

一看即知是「寫給少年朋友讀的」（林海音序），扉頁上有「琦君自畫童年」，總計二十六篇，每篇都有「陳朝寶插圖」；三民版列入「三民叢刊」，篇名頁皆配以「琦君自畫童年」，各篇原插畫可能因版權關係，全換了，惜未標作者芳名，惟繪圖線條由柔轉剛，略增些趣味性，出版社似不再以「少年朋友」為主訴求。本來嘛，這書裡各篇散文，都深入淺出，老少咸宜。

琦君說，這本書「慰我童心三十年」，「在臺灣安定生活已三十年，而此心無時不魂牽夢縈於故鄉與童年」（〈小記童年〉）。之所以如此，全因她的童年「那段快樂得爆烈開來的好日子」，雙親、外公、姑婆、老師、玩伴，還有諸如變戲法的老人等，無不可親可敬；進一步說，好玩好看的物品，像任何會發亮光的東西（別針、戒指、項鍊、珍珠等）、自來水魔筆、花籃、不倒翁、坑姑娘（自己做的小娃娃）、小天使蠟臺等；好吃的東西（紅米飯、灰湯糯、鹹魚等）；還有素所喜愛的動物（貓、狗、蟲、小老鼠等）。美好的故鄉，快樂的童年，但時光無法倒流，故鄉回不去，難怪夢魂牽縈啊！

　　說童年，憶舊時人事，聊堪自我慰藉，更重要的是琦君常是撫今追昔，於是就有一些對照，總歸是惜過去的那些情，也惜後來的這些緣，著眼於一個「樂」字，故事裡頭會有一些源流敘說，也有一些啟人深思的「做人的道理」。

4

　　我手上的本子，《紅紗燈》是二版十一刷（2016 年7 月），《琦君說童年》有純文學版一九九四年五月的第十七刷，約二年後有三民版，二〇〇三年元月是四刷，十幾年來刷過多少，我沒去查，肯定非常可觀。現在出版社願意新印，一定是確信書有眾多讀者，這說明琦君的作品，必可一代一代流傳下去。

二〇一八年五月

談談琦君

　　《琦君說童年》這本書，共收集了二十六篇各式各樣的童年故事，是作者琦君寫給少年朋友讀的。琦君是一位很著名的女作家，她寫過許多好文章，尤其是散文，最受讀者的喜愛和崇拜，她出版了十幾本散文集，讀者從青年到老年都有，但是專為給少年朋友寫的，不是很多，除了中華兒童叢書有一些以外，最新的就是這本《琦君說童年》了。

　　琦君和我，不但是寫作上的朋友，我們兩家常相來往，也是家庭的朋友，我們彼此看著兩家的孩子長大。我結婚早，所以孩子大，比她先做了祖母。她喜歡年輕

人，尊敬老年人，疼愛小孩子。小貓、小狗、小花、小草……她都喜歡。她到朋友家，看見人家有小貓，她就高興得「ㄇㄧㄠ ㄇㄧㄠ」的叫那小貓，小貓就會一下子跳到她身上，她就一面用手摸撫著那小貓，一面和人談話。我的孩子常常笑說：「潘阿姨（琦君姓潘）叫貓的聲音好肉麻啊！」她也不在乎。她常和年輕人在一起，她在大學教書，學生又多，雖然有的叫她「老師」，有的叫她「阿姨」，有的叫她「婆婆」，可是跟她談話卻沒有什麼隔閡，按現在的新名詞來說，就是沒有「代溝」。她有時打電話來，不見得找我，卻是找我女兒談天，北平話常說「沒大沒小」，就是這意思吧！文言一點說，就是「忘年之交」了。

琦君的年齡和我相仿，如果我們談起往事，是很談得來的。比如我們青少年時所讀的當時的名著小說啦，所體會到的當時的社會形態啦，家庭生活啦，婚姻戀愛啦，都有相同的見解，所以當我們坐在那兒談天的時候，年輕的子女們就會圍上來聽，我的兩個大女兒，都非常記得她們看見潘阿姨來了，是怎樣高興的給潘阿姨拿拖

鞋，為她端熱茶，然後搬了小竹凳來坐在我倆跟前，聽了一個，又聽一個的，沒完沒了的請潘阿姨「再說一個嘛！」

琦君是南方人，生長在山明水秀的溫州和杭州，我雖是原籍海島，卻在北平長大，我們的童年在迥然不同的兩個地方度過，但童心卻一樣。琦君說得不錯，年紀越大，不記近事，卻記遠事，所以這兩年她寫的童年之事更多了。以前寫的，是給成年人看的，現在卻要對著少年朋友寫了。

在這本書裡，她告訴你，她的家鄉的人物、生活和風光。她說故事給你聽，有神話的、歷史的。你讀這本書，不但故事好聽，而且知道許多故事的來源，也學到許多做人的道理。我們來要求琦君，再不斷的給少年朋友寫下去啊！

林海音

七十年八月八日

小記童年

曾讀過一篇文章裡說：「年紀大了，不能近視能遠視，不記近事記遠事。」真的，年紀越增長，對兒時的記憶越清晰。因此，與朋友們談天，不由得說童年。提起筆來，也不由得寫童年。一位位的親人、師長、朋友，都親切地來到眼前。家鄉的田園山水風光，也一幕幕浮現眼前。心頭是無比的溫馨，卻也有一絲絲悵惘。因為歲月逝去，不會再回來。青鬢成絲，不會再年少。

可喜的是眼看自己的孩子，和親友們的孩子，都已長大成人。他們當年都是愛聽我講故事的童子。尤令人欣慰的是朋友們的孩子，以及我的許多學生，一個個學

成業立，而且大多已綠葉成蔭，做了父母，自己也要說故事給孩子們聽了。我這個現成升格當「奶奶」和「師婆」的人，也就格外津津樂道童年，樂寫童年。在寫的當中，我真是滿懷感謝的心，更希望少年朋友們，知道我們那個時代的生活情形，我們是怎麼個頑皮玩樂的，我們的長輩和老師是怎麼個帶領我們長大，教導我們做人的。

　　最後一篇〈蔣公的童年〉，是在　蔣公七十華誕時，由趙友培先生策畫，請十位文友分別記述這位民族偉人的生平事跡，以表慶祝之意。我寫的是　蔣公的童年和少年時代。執筆之前，我特地請大學同班同學　蔣公的姪女蔣華秀女士，陪同拜訪蔣府的一位老長輩。恭聽他仔仔細細地追述老總統幼年時許多頑皮有趣的故事。我的原籍是浙江永嘉，和　蔣公故鄉奉化的農村風土人情非常相近。因此，下筆的時候，感到十分親切而不生疏。而且深深體會到了一位非常人物的人格的形成，長輩和師長適度的呵護，和嚴厲的教誨，該有多麼重要。

　　在臺灣安定生活已三十年，而此心無時不魂牽夢縈

於故鄉與童年。因此願以此書獻給在臺灣出生長大的少
年朋友，也獻給與我年齡相若的中老年朋友。讓我們老
老少少，一起來說童年，一起來樂童年。那麼這本小書，
也真可以「慰我童心三十年」了。

琦君

七十年八月八日

幼年
的我
琦君

琦君自畫童年

目次

我愛亮晶晶

凡是亮晶晶的東西，我都好喜歡。拉開抽屜，裡面一定有幾樣小玩意，在一閃一閃地對我眨眼睛。別針、戒指、項鍊，全是水鑽的，不值一文錢，我卻把它們當鑽石般寶愛著。不時取出來，放在手心，摸摸玩玩，自覺一顆心都亮晶晶起來。

其實不一定是水鑽，任何發亮光的東西我都愛。亮晶晶給我一種飛升到另一個神仙世界的感覺。那是因為小時候我做過一個非常奇怪而美麗的夢。那時我才六、七歲吧！有一個夜晚，我感冒發燒，爸爸坐在床邊，一隻溫暖的大手覆在我額頭上，在搖曳的菜油燈影裡，我看見爸爸手腕上的夜光錶，羨慕地問：「爸爸，我發燒發多久了？」爸爸笑笑，把錶取下戴在我細小的手臂上說：「你自己看吧，多看看夜光錶，燒就會退下去。」說也奇怪，看著錶，聽著滴答聲，我就甜甜地入夢了。夢見一團五光十色的雲彩，向我飄來，漸漸變成一團燦爛的球，越滾越近，把我轉進光影裡。只覺渾身一陣熱烘烘的，出了一身大汗，醒過來時，燒真退下去不少。我覺得自己像神仙一般法力無邊，能在黑夜裡看見錶上的長

短針和一圈阿拉伯數字，心裡真快樂。忽然又發現右手食指上套了一枚亮晶晶的戒指，那是我想了好久而媽媽不肯給我的鑽戒，是真正的金剛鑽啊。媽媽雙手抱著我說：「現在你生病，我的金剛鑽戒指避邪氣，戴上了，病就會被趕走。」我開心地想，生病真好，有爸爸的夜光錶，又有媽媽的金剛鑽戒指，以後還是常常生病吧。

　　偏偏病很快就好了，爸爸收回了夜光錶，媽媽收回了金剛鑽戒指。我頓時覺得自己暗淡無光，就越發想念夢中那個金光燦爛向我轉來的一團雲彩。

　　過新年時，媽媽為我做一件水紅棉襖，大襟上綴一朵她自己用亮片串成的紫紅牡丹花，亮麗的煤氣燈照著我和牡丹花，在一群小朋友當中，我頓時成了驕傲的公主。大家都伸手來摸我大襟上的牡丹花，媽媽笑瞇瞇地說：「你們好好兒讀書，好好兒玩，我給你們一人做一朵。」不久，每個小朋友大襟前都開出一朵牡丹花，粉紅的、水綠的、淺黃的，亮晶晶地閃到東又閃到西，我們是一群亮晶晶的小天使。

　　直到現在，我總喜歡在旗袍大襟上，或毛衣衣角上，

縫上一點閃閃發光的小珠子。走在街上，看到商店櫥窗裡閃閃發光的飾物，就會停下腳步，呆看半天。眼前就出現那個金光燦爛的夢，和夢醒時手上的夜光錶與鑽石戒指，更有爸爸媽媽摟抱我的溫暖手臂。

可是年紀漸漸長大了，縫亮珠的衣服不好意思再穿，只好把它們拆下來，和水鑽別針戒指收在一起，或者把它們綴在洋娃娃身上。

我仍保留一件夏天穿的黑色綢上裝，四方的領口上，用黑底銀絲剩料子滾了一道細細的邊。倒也淡雅有致。朋友們都誇我會廢物利用，我也洋洋得意起來，穿著這件上裝，自覺走路都亮晶晶起來。彷彿大襟上縫了媽媽給我做的亮片紫紅牡丹花，我又回到小時候了。

嘗新，一看字眼，就知道是嘗嘗新鮮東西是什麼味道的意思。想想這是多麼快樂的事兒呀！而嘗新正是我故鄉農村社會的可愛習俗。故鄉的穀子收割分兩季，六月的早穀和九月的晚穀。早穀中有一種是紅米穀，少而名貴，在早穀收成以後，要拿這種紅米穀煮出飯來，先供神佛和祖先，感謝祂們在天上對我們的祝福，然後請左鄰右舍來一同慶祝豐收，嘗嘗新鮮的紅米飯。每年一到嘗新時節，家家戶戶，就像辦喜事似的，老早就相互邀約起來：「胡公公，明天是好日子，請到我家來嘗新啊。」「李大媽，大後天也是好日子，可得輪到我家囉！」無論貧家富戶，嘗新酒是一定要請的，這表示你一年裡勤勤懇懇的成果。無論哪一家請，都少不了有我，因為我是被全村莊寵壞了的「小不點」。

每年只要看長工們開始忙割稻，我就仰起脖子問：「阿榮伯伯，我們哪一天嘗新呀？」阿榮伯伯咧著嘴，露著兩個黃黃的大門牙說：「稻子都還在田裡，早得很哩。你得先幫我們去拾穗子，幫我們攤晒穀簞。陣雨來時，得幫我們搶撥穀子，小孩子要跟大人一樣的做事，

哪有坐在矮板凳上等吃現成的？」我拍著雙手說：「我知道，我知道，我真高興，我快樂得都要爆裂開來了。」我最最喜歡說自己快樂得爆裂開來。這是媽媽常常說的話。她說樹上的果子爆裂開來，玉米在鍋裡爆成一朵花，芝麻球在油鍋裡裂開嘴笑，都表示它們好開心，快樂得爆裂開來了。阿榮伯在土裡撿起一串穗子給我說：「你看穀子也快樂得爆裂開來了。」

到田裡拾穗子是我最喜歡做的事，一個大竹簍綁在腰上，從泥土裡撿起一串串飽滿的穗子往裡丟，裝滿一簍再一簍，捧給長工叔叔，他們總要誇我一聲「拾得真多，媽媽一定給你多吃塊灰湯糯。」

啊呀，想起灰湯糯，我的口水都要掉下來了。什麼叫灰湯糯呢？原來那是我家鄉一種特別的米糕，是媽媽的拿手點心。

灰湯糯是用早穀的紅米粉做的。其實紅米是硬米（就等於臺灣的在來米），只是因為加了一點鹼，吃起來香香軟軟的像糯米。鹼並不是現在菜場的方塊鹼，而是把早稻稈燒成灰，拿開水一泡，淋下來的熱湯中就含有鹼質，

而且帶有稻子香。只要和半碗在紅米粉裡就夠了。所以
叫做「灰湯糯」，一見灰湯就變糯的意思。灰湯糯的顏色
就像巧克力糖，吃它幾十個也不會撐肚子，好好吃啊。
早稻灰泡出來的鹼水湯，也可以做鹼水粽子，又可以洗
廚房的油膩，去污力比今天什麼牌子的清潔劑都強十百
倍呢。舊日農村，就是這般儉省，沒有一樣東西不是好
好利用的。

　　早穀收成，紅米椿出來，灰湯糯也蒸了，母親就要
瞇起近視眼翻黃曆揀個大吉大利的日子祭祖，請鄰居親
友來嚐新。我們家的嚐新酒總是最晚的，因為母親喜歡
客人來得多，客人來得越多，吃得才越熱鬧。所以要盡
力避開和別家衝突的日子，母親總是說：「可別重忙
啊！」「重忙」就是和人家的節目排在一天的意思。如今
是工業社會，大家都忙得團團轉，有人一個晚上應酬趕
三場，要想不重忙還真不容易呢。

　　嚐新酒席上，除了紅米飯、灰湯糯，還有茄鬆，也
是母親的拿手，我最貪吃的點心。那就是把茄子切成絲，
和了雞蛋麵粉與糖，在油鍋裡一炸，鬆鬆軟軟，也是好

好吃哩。

　　今天我固然可以依照母親的食譜炸茄鬆，但哪有香噴噴的紅米粉和新割的早稻稈做「灰湯糯」呢？

　　我好想念小時候那段快樂得爆裂開來的好日子啊！

變戲法的老人

現在的許多觀光飯店，都有特別節目以娛樂嘉賓。有的歌唱，有的表演魔術。坐在變幻的燈光裡，一面吃著豪華的酒席，一面欣賞節目，好不愜意。可是看著魔術師講究的衣著和他臉上取悅觀眾的笑容，我心裡總像有說不出來的感觸，因為我又想起了家鄉那位變戲法的老人，和他那一身襤褸的衣衫和臉上帶淚的微笑。

我小時候，總喜歡和小幫工阿喜在後院晒穀場上玩，尤其是冬天，晒穀場上晒滿了蕃薯條和蘿蔔絲，我幫著阿喜用竹耙子一邊耙翻，一邊撿起被太陽晒出糖汁的蕃薯條來吃，又甜又帶一股太陽香，所以我們叫它蕃薯棗。晒蕃薯棗的日子，我是連飯都不想吃了。

有一天，一個肩上背著藍布袋的老人，走到後門口來，只是向我們看。阿喜問他：「這位老伯伯，你是外地人嗎？我以前沒見過你呢。」老人說：「我是過路的，要回家鄉去，想掙幾個盤纏，我會變戲法。」一聽變戲法，我馬上跑上前去央求說：「伯伯，變個戲法給我看好嗎？」他摸摸我的頭，俯身在地上撿起一根稻草，摘成許多段，往左耳裡塞進去，咳嗽一聲，馬上伸手從右耳

挖出來，仍舊是整根的稻草，我都看呆了。阿喜說：「你一定有兩根稻草，那些摘斷的一定還在你耳朵裡。」老人俯下身說：「你看看耳朵裡有沒有？」耳朵裡是空的，老人確實有本事。他又拿起一張長凳，凳腳頂在鼻樑上，長凳就直直地豎起來了。這時小叔叔走過來，他拍手嚷著：「真功夫！真功夫！」卻拿了一張軟軟的紙給他說：「你能把這張紙頂起來嗎？」老人不慌不忙地把紙對角摺了一下，就把它像船帆似的撐在鼻樑上了。看得我們真是佩服。阿喜抓起一大把蕃薯棗遞給他說：「老伯伯，你先吃點，我去請太太拿錢。」

　　母親也出來了，她給了他五角銀角子，外加一升白米。那時代，五角錢真是好多好多，因為一塊銀元可以買兩百個雞蛋了。老人接過白米，倒在布袋裡。五個銀角子緊緊捏在手心裡，連聲說：「太太，你真高升（錢給得多的意思），一定添福添壽。」小叔叔說：「老伯伯，教我們一套戲法好嗎？」他說：「戲法都是哄人的，頂板凳才要下苦功啊！」母親感動地說：「哪樣事不要下苦功呢？老伯伯這麼大年紀了，還在練呢。」母親眼睛看著

小叔叔和我。老人也看著我們，很憐惜的樣子。他慢慢地從貼肉口袋裡摸出一隻舊兮兮的嬰兒軟底鞋，遞給我看，顫聲地說：「這是我孫女兒的鞋子，她現在一定跟你一樣大了，我不知道她現在哪裡，我們一家被大水沖散了。我一直在找她。」他的眼淚流下來了。我摸著那隻軟底鞋，看看自己的腳丫子已經這麼大了，不由得也流下淚來。母親說：「老伯伯，你放心，你一定會找到她的。骨肉連心啊。」

阿喜不知在什麼時候已用麥稈子做好一隻小麻雀，遞給老人說：「老伯伯，你邊走邊吹這個小麻雀，吹你從前抱她時唱的歌兒，她就會聽見的。」老人越發淚流滿面，萬分感謝地接過去，連聲說：「我會吹，吹那個雞雞鬥，雀雀飛，飛到高山吃白米。她會聽見的。」小叔叔說：「老伯伯，我們也幫你唱、幫你找。你們很快就會團圓的。」

變戲法的老人謝了又謝，背著藍布袋慢慢兒走遠了。可是他一直沒有走出我的記憶，不知他究竟找到那個跟我一樣大腳丫子的孫女兒沒有。

阿喜的手最最靈巧，他會用麥稈編吱吱叫的麻雀，會用木塊削成滿地轉的地陀螺。會用竹片編裝泥鰍的簍子。這些可愛的手工藝品，他一樣樣的做，我一樣樣的玩。也拿去送給左鄰右舍的小朋友們。

有一次，他用軟軟的嫩柳條編了個好漂亮的小花籃，我把心愛的蠟製洋娃娃坐在裡面，拎去給隔壁玉英看。玉英央求說：「小春，你可以借我玩一天嗎？明天就還給你。」她正生病躺在床上，我當然應該借她玩的。第二天去看她時，她抱歉地對我說：「為了要研究花籃是怎麼編的，我把它拆開來卻編不回去了。」

「那麼蠟洋娃娃呢？」我連忙問她。

「蠟洋娃娃的一隻手膀，也被我在睡覺時不小心壓斷了。小春，我真對不起你啊！」

我好生氣，跺著腳說：「你怎麼把我借你玩的東西統統弄壞了。你是存心的，我不跟你好了。」

我轉身奔回家來，坐在門檻上大哭。阿喜吃驚地問我跟誰吵架了。我說：「玉英好壞，拆掉你編的花籃，又弄斷我的蠟洋娃娃，她一定是妒忌我才這樣做

的。」

　　阿喜一聲不響地走開了，我奇怪他怎麼不說話，就追過去對他再說一遍。他低聲地說：「你別再講，我已經聽見了。」

　　「那你為什麼不理會我？」

　　「你哭得那麼起勁，一口咬定玉英壞，叫我說什麼？你們一向那麼要好，我知道玉英一點也不壞，只是不小心弄壞了你的東西，你不應該這麼想的。」

　　我低下頭，說不出話來。阿喜說：「我再來編一個花籃，你去摘些鮮花放在裡面，拎去給玉英，對她說，等她病好了，我會教你和她編花籃。那個蠟洋娃娃，你拿回來，我給你修補好。」

　　「真的？」我馬上抹去眼淚，幫著阿喜摘柳條，守著他很快就編好了花籃。我在院子裡採了一朵大紅茶花，和一枝香噴噴的白玉蘭放在裡面，興沖沖地拎去送給玉英。她正喝了藥，蓋著被子出了一身汗，紅噴噴濕漉漉的臉從被頭冒出來，一眼看見我與我手裡的花籃，張開嘴高興得說不出話來。

「玉英，這個花籃是阿喜特地編了給你的。阿喜說他會教你和我編呢。」

「好漂亮啊！小春，你們真好。可是那個蠟洋娃娃的手膀……」

「不要緊，我拿回去阿喜會給我修補。」

她把洋娃娃遞給我，又從枕頭底下掏出一個拇指那麼大的花布娃娃，塞在我手心裡說：「呶，這個布娃娃是我姑媽給我做的，我好喜歡，但是我把它送給你。」

好可愛的布娃娃啊！比我的蠟娃娃還好玩。我捏在手心奔回家來，攤開手給阿喜看，給媽媽看。我忽然覺得玉英是我最要好的朋友。

媽媽看我那麼高興，也高興地笑了。她慢條斯理地說：「小春呀！你看玉英對你多好，她把自己最心愛的東西送給你。你以後也要這樣，不要老是把自己玩厭了的東西才給別人。這才是相親相愛嘛。還有阿喜他多好，總是用靈巧的手，做出各種各樣的小玩意，讓你送朋友，給朋友快樂。」

我聽了媽媽的話，想到剛才實在不應該為斷手膀的

蠟洋娃娃跟玉英生氣。我太小器了。我應該學阿喜，歡
歡喜喜地為別人編美麗的花籃，帶給別人快樂。

我不會下象棋，更不會下圍棋，卻牢牢記得幼年時玩的「乞丐棋」。兒子小時候，我跟他爸爸就時常陪他下這種又簡單又有趣的乞丐棋，他總是拍著手喊：「媽媽掉在井裡囉，媽媽凍得打哆嗦囉！」

現在讓我來說明一下，什麼是乞丐棋吧！原來乞丐棋是我幼年時的好朋友乞丐頭子三劃教我的。三劃雖然是個乞丐，做事卻有原則、重義氣。村莊裡大小乞丐都服從他、敬重他。他不准許他們隨時隨地乞討，只有在逢年過節時，才可以向大家富戶接受金錢、糧食和衣物，然後公平分配。更不可有偷竊行為。一旦發現了就要重重處罰，那個村落就成了貧民村，三劃就是村長。他們並不是乞討，而是大家對他們的樂捐。三劃姓王，額上有三道明顯的皺紋，所以大家喊他三劃。他是我家老長工阿榮伯的好朋友，當然也成了我的好朋友。每逢收成忙月，他就帶領年輕小夥子來幫忙，閒月就來陪阿榮伯和我下棋，下的就是「乞丐棋」。

一張粗紙上，用墨炭畫個大十字，中間重疊大小兩個圈圈就是一口井，東南西三頂端各畫一個小圈是三個

起點，北面一個四方框是佛殿。玩的時候，三個人各擺一粒豆子在小圈裡，每人手心三粒豆子。每人也各默認一組數字：一四七，二五八，三六九。三隻手攤開來，加起來的數字是哪一組的，就歸哪一個走一步。從頂端走到井邊是三步，然後必須掉在井裡一下，運氣好的，立刻就出來，再向前走到佛殿朝聖。運氣壞的會在井裡泡好久，碰不上你的數字就一直上不來。這種棋不費腦筋，卻非常緊張。每回三劃來了，我總拉住他下棋。我最最沒有耐心，掉進井裡就直嚷：「我好冷啊！我快要結冰囉。」可是越喊運氣越壞。因此每次下完一盤棋我就要換數字，一四七輸了換二五八，二五八又輸了就要三六九；總之，我老是怨數目字不好。其實我也常常贏，但是總是記住輸的，怨自己運氣不好。

　　有一次，我的豆子掉在井裡好一會兒上不來，我急得直跺腳，三劃說：「我掉在井裡，你怎麼那麼開心，你自己掉進去了就這麼急，你這個小姑娘良心不好。」我噘起嘴說：「我不要，我就是不能泡水，我怕冷。」三劃說：「一個人哪有一輩子都是好運道的？想進佛殿朝聖，

就一定得先泡水，泡在水裡，得有耐心。三隻手心攤開以前，誰也不知道加起來會是什麼數字，運氣原是很公平的，你不應當抱怨呀。」我沒有話可以反駁他，卻「惱羞成怒」，雙手把棋盤一抹說：「我不和你下了。」三劃把臉一沉說：「好，以後永不跟你這個賴皮貓下棋了。」他狂噴著旱煙氣沖沖地走了。這下我急了，大喊「三劃，我下回不敢了。」可是他已走得老遠。阿榮伯說：「你放心，他明天就會來的。」第二天，他真的來了，手裡提著一筐山楂果，向我一晃說：「小春，這回和你賭山楂果，你掉在井裡，我和阿榮伯多走一步，就拿給你十粒山楂果，這該公平了吧！」我抬眼看他額角上三道皺紋笑得好深，好慈愛，雙手抱住他的手臂彎說：「三劃，我再也不做賴皮貓了。」他說：「這樣才是好孩子。要知道，一個人做什麼事都要細心思忖，做錯了要認錯，耐心的改正，不能夠只是抱怨自己運氣不好或者是怪別人的。越是心平氣和，越會有好運氣呢！」

我一直記住三劃說的話，所以也一直不會忘記他和阿榮伯陪我下的乞丐棋。

小時候，我讀書的夥伴有兩個，一個是大我四歲的小叔叔，一個就是不倒翁。不倒翁穿著紅短衫，白短褲，雙手合拱在胸前，很正經的樣子。渾身圓團團的，就只腦袋瓜有點尖。我說「尖頭鰻」就是泥鰍，只會鑽爛泥洞，沒有名堂。小叔叔說「尖頭鰻」唸起來的聲音，跟英文裡的 Gentleman 很像，是十分君子風度的意思。當了君子，就不應該只會鑽洞了。小叔叔跟鄉村小學校長學過英文，腦筋又靈光，他用我們溫州話調教我「鴨來河裡游水」「蔴油拌螺絲」說快點就像說英文似的，逗得我笑痛肚子。母親卻說，「男人的頭頂尖尖的，就是長壽相。彭祖公公的頭頂是尖的。活到八百歲。」父親笑笑說，「彭祖再長壽，還活不過陳摶呢。陳摶睡了一覺，醒來就是一千年。問起彭祖，早已經死啦，陳摶嘆口氣說：『我看彭老頭兒的頭頂尖尖的，是個短命相。』」所以母親時常嘆氣說：「長壽短命，也沒個準兒，彭祖公公八百壽，陳摶一覺睡千年，世上有八百歲的短命鬼嗎？」我對長壽短命沒興趣，就編起自己的歌來：「不倒翁，尖頭鰻，東邊倒來西邊歪。你吃麵來我吃飯。

大家吃飽一同玩。」老師說我編的太淺了，沒有意思。打開教科書叫我唸：「不倒翁，翁不倒。眼汝汝即起，推汝汝不倒。我見阿翁鬚眉白，問翁年紀有多少。腳力好，精神好，誰人能說翁已老。」這當然有學問得多了。我邊讀心裡邊想：「你」就是「你」，為什麼「汝」呀「汝」的，多拗口呀？老師說那是文言文，文言文就得文謅謅地說「汝」，或者「君」。

　　那時我才七歲光景，老師就教我文言了。我造了好多文言句子，老師都點頭連聲說「好，好」。中秋節，對著大月餅我就問：「不倒翁，汝欲食月餅乎？」老師笑瞇瞇地掰了半個月餅給我，我望著盤子裡另外半個說：「不倒翁，餅大，當與君分食之。」老師故意裝沒聽見，小叔叔趁機問：「我可代不倒翁食之乎？」老師點了下頭，半個月餅就被小叔叔吃掉了。不倒翁仍舊笑嘻嘻地望著我們。

　　小叔叔告訴我，唸書的時候，要搖來晃去，搖出味道來，書才會琅琅上口地背得熟。我於是用手指頭點一下不倒翁，唸一遍，再點一下。不倒翁搖，我也搖。唸

書就不會厭煩了。老師說女孩子要穩重，不可以搖頭晃腦。不倒翁是老人，老人才可以擺擺。我想起外公唱起詩來，頭就劃著圓圈的搖擺，非常快樂慈愛的樣子。我但願父親也這樣唱著詩搖擺，我就會像喜歡不倒翁那般的喜歡他，不會見了他直害怕了。

　　有一天下了課，我把不倒翁放在口袋著，小叔叔悄悄地從抽屜裡捧出老師的算盤。我們跑到隔壁花廳裡，把算盤反過來仰臥在滑溜溜的磨磚地上，再讓不倒翁坐在裡面。我和小叔叔面對面遠遠蹲著，把算盤使力推過去，再推過來。不倒翁在裡面像坐火車，抖著、搖著，不知道他是舒服還是害怕，我們卻玩得好快樂。正笑得前仰後合，忽然老師來了，他生氣地一把拿起算盤，不倒翁砰地一下跌落在磚地上，裂成兩半，裡面的重心石也掉出來了。我一看，哇地一聲大哭起來。老師也感到很抱歉，連忙說：「我去城裡再給你買一個回來。」我跺腳哭著說：「我不要，我不要，我就是要我自己的不倒翁。」小叔叔也哭喪著臉，把兩半的破片撿起，一聲不響地走了出去。當天晚上，我睡覺時，還是吵著：「我要

我的不倒翁嘛。」不知為什麼，好像不倒翁和我有著同甘共苦難解難分的一分情誼。母親溫和地對我說：「小春，不要這樣，老師心裡會難過。他不是故意把不倒翁砸破的。他買個新的給你，你就要一樣地喜歡他，他就會變成你心裡原來的不倒翁了。凡是已經破損了的東西，沒法挽回，你就不要老是懊惱，要用快樂的心，迎接新的。我知道你會喜歡新的不倒翁，你只不過是執拗地要那個原來的。」

　　母親的話一點不錯，老師第二天就買了個新的不倒翁給我。比舊的漂亮多了。頭上戴著瓜皮帽，身上穿著黃馬褂，很有學問的樣子。最高興的是小叔叔把破的兩片合攏來，用絲線紮牢，他依舊的搖來晃去，笑嘻嘻地望著我們。我把兩個不倒翁並排兒放在書桌上，這個點一下，那個點一下，看誰搖得久。小叔叔若有所思地說：「兩個不倒翁，在我們心裡就是一個，你覺得呢？」

　　我歪著頭想了半天，不大懂他的話。看看新的，再看看舊的，我都那麼喜歡他們，也覺得兩個不倒翁就是一個了呢。

在變換季節的天氣，忽寒忽暖，一不小心，就會感冒風寒。如今醫學發達，各種治感冒的藥，不必醫師處方，隨處藥房都可以買到，服上幾天也就好了。在我們那個古老時代，可沒這麼多種紅紅綠綠的止咳藥水、退燒藥丸。要想看西醫，就得跑幾十里路去城裡掛號。在鄉下人來說，可真不簡單。所以小孩子有點小病小痛的，都是長輩們各顯神通自己治。我小時候最容易傷風停食，因為我貪吃，又愛邊吃邊在風地裡跑，每回傷風都是來勢洶洶，母親急得手忙腳亂，如果給我灌了午時茶，渾身擦過生薑汁仍退不了燒的話，母親就會想到「捉驚」那一招了。

什麼是「捉驚」呢？病人又為什麼要捉驚呢？原來，「捉驚」是一種「法術」。凡是小孩子野得太厲害，忽然病了，大人們就說一定是冒犯了哪一位土地公公，或是碰到了喜歡捉弄人的小鬼，給你吃點小小的苦頭，讓你發高燒，渾身打哆嗦。那就非得請人來唸一套咒語，施一套法術，把所受的驚給捉出去，病才會好。

那一次我也是發高燒，渾身打哆嗦。母親用自己的

額角在我額頭上碰一下，我只覺得她的額角涼涼的，就知道一定燒得不低。那時沒有體溫計，測量體溫全靠這樣額角碰額角試出來的。母親這一試，就決定要請姑婆給我捉驚了。我迷迷糊糊中一聽說姑婆要來，心裡就高興起來，因為姑婆好疼我。她來了就會一直坐在我床邊，講山鄉地方奇奇怪怪的故事給我聽。還有，她不像母親那樣不准我病中吃這吃那，她總是偷偷地餵我半碗蜜糖稀飯，不讓我小肚子餓得咕嚕咕嚕的響。

　那天姑婆很快就來了，她邁著小腳，走到我床邊，捧著一碗米，嘴裡咕噥噥唸唸有詞。唸完了，把我貼肉襯衫脫下來，蒙在飯碗上，放在我胸口，又輕聲唸起「經」來。我聽不懂「經」，但姑婆的聲音像唱歌，實在好聽，她邊唸邊用雙臂把我連被子摟得緊緊的。母親幫著抱住我的雙腳。我只覺渾身火燙，是一種好舒服好安全的燙，身子像騰雲駕霧似的飄飄蕩蕩，迷迷糊糊，漸漸地就睡著了。醒來時一身大汗，見姑婆和母親仍舊緊緊摟著我。母親看我睜開眼來，就用毛巾給我擦額上的汗，姑婆連聲說：「好了，好了，驚已經捉掉了，等汗收

乾，燒就退了。」我真的覺得舒服很多，問姑婆：「你怎麼知道驚已經捉掉了呢？」姑婆說：「熱退了，就是驚捉掉了。」我又問：「驚是什麼樣子的呢？」姑婆捏了下我的扁鼻子說：「我也沒看見驚是什麼樣子，不過他一定是從你鼻孔裡跑出去的。」我咯咯地笑起來，又央求姑婆給我喝點蜜糖稀飯。母親這回倒不堅持了，竟給我端來一小碗西湖白蓮藕粉。說是父親從杭州寄來的。姑婆連忙接過手來，一匙一匙地餵我，嘖嘖地說：「真香，藕粉止咳又清肺，比什麼藥都好。」我說：「姑婆，你也吃兩口呀。」母親說：「我已經另外沖了一碗給你姑婆了，姑婆的法術就跟神仙一般。」我瞇著眼睛看姑婆，她圓圓的臉，方方正正的額角，真的像神仙呢。

現在想起來，所謂的「捉驚」，其實就是去風寒的方法。唸咒語的美妙聲音，聽來就是催眠曲。那碗米放在胸口，只是讓我心思集中，身子別動，被慈愛的姑婆和母親緊緊地摟在懷中，是多麼的快樂和安全。睡一個覺，出一身汗，燒自然就退去了。她們認為土地公公給我的驚自然被捉去了。

　　想想一個人，一生真不知道要經過多少大大小小的驚險。沒有長輩可以依賴時，就得自己鎮靜下來，不要憂愁，不要恐懼，用自己的機智和毅力，把身體裡所受的驚給捉出去，你就能永遠保有健康的身心了。

坑姑娘

走在寬闊的紅磚人行道上，或在公車站邊候車，你總會看到地攤上擺滿了各色各樣可愛的玩具。上了發條就會蹦跳的小狗小貓，一按鈕就會打鼓的猴子，上電池的迷你風扇，微風剛好吹在你的鼻子尖上，涼蘇蘇的。還有腆鼓鼓精神百倍的大象、大熊、洋娃娃等。我常常呆看得忘了過馬路或搭車。恨不得揀幾樣心愛的買回家。但我已偌大年紀，孩子也超過二十歲了，買這些給誰玩呢？我悄悄地在心裡對自己說：還是給我自己玩呀！真的，我好愛玩具和各種小東西。從美國帶回的娃娃和小熊，我都給他們織了毛線鞋帽穿戴起來，坐在沙發靠背上，不時捧在手心撫愛一陣，他們像在對我說話，我心裡就不感到寂寞了。因為和他們談天，使我想起小時候，我們每個小朋友自己做的小娃娃──坑姑娘。

為什麼叫她坑姑娘呢？說來真是有趣。鄉下的毛坑很多，毛坑是多骯髒的地方呀！據說偏偏越是髒的地方，反倒會出現一些像神仙一般美麗的小姑娘。她們神出鬼沒地和過路的行人捉迷藏，作弄你，也和你做朋友。又據說坑姑娘只有一條腿，蹦跳起來卻非常快。其實誰也

沒有真正見到過坑姑娘，所以我們就憑著自己的想像做。摘下四、五寸長的樹枝當坑姑娘的身軀。兩隻撐開的手臂，和一隻三寸金蓮小腳。用淺粉紅棉布包一個圓臉，畫上眼睛鼻子嘴巴。衣服是用零碎花布別出心裁縫的，套在身上，襯著小臉，真像個標致的小姑娘呢！手巧的小朋友，會給她縫好幾件花布衫，時常替換。我們都把自己心愛的坑姑娘，小心翼翼地放在紙盒裡，帶到朋友家和她們的坑姑娘會面談天。坑姑娘自己不會說話，我們都代她說。說了彼此問候的客氣話後，就開始擺家家酒請她們吃飯，邊吃邊代她們談天。報告幾天來的生活情況啦，看了什麼戲文啦，聽了什麼鼓兒詞啦，哪一天偷吃了媽媽做的醬鴨啦，哪一天又看見小叔叔和表姨在橘園裡肩並肩坐著唱小調啦。說得一個個小朋友都哈哈大笑。我們好像聽到坑姑娘也在笑。其實坑姑娘只是靜靜地靠在桌子邊，聽我們代她講故事。

　　有時候，頑皮的坑姑娘會忽然不見了。你放心，過一兩天，她就會回來的。那是小朋友們彼此惡作劇，把別人的坑姑娘藏起來，說是她遁回毛坑裡去了。過一陣

子再出現時，常常是東家的坑姑娘跑到西家，西家的跑
到東家了。

媽媽卻常常對我們說，坑姑娘是最最誠實的小仙女，
不喜歡捉弄人，她性情又溫和，要我們好好照顧她。她
若是發現我們沒有真情真意愛她，就真的一氣不回來了。
所以我們對待坑姑娘都誠誠懇懇的，格外細心周到。和
小朋友們聚會，代她們談天時，聲音都放得特別溫柔，
字眼也用得很文雅。在坑姑娘的彼此交際中，我們學會
了如何講有趣的故事，學會了女孩兒家的許多禮數，也
學會了縫製小衣服和照顧小伴侶的耐心。這都要感謝美
麗而且誠實的坑姑娘給我們的靈感。

外公說，聽起來看起來很髒的地方，有時卻會磨練
出一顆高潔的心靈。所以到今天，我仍在懷念我們的坑
姑娘呢。

捺窟

當我的孩子做起事來馬馬虎虎，還邊做邊喊：「媽媽，快來幫我一下忙。」我就會笑罵他：「你呀，一個人吹簫，還得一個人替你捺窟。」這話是什麼意思呢？原來這是我家鄉的一句土話。「捺窟」就是「按孔」的意思。一個人吹簫，還得一個人按孔，就表示一件工作，原應當一個人做的，卻要人幫忙，就是笑這個人太懶惰，依賴性太重。你想，哪有連吹簫都要別人代你按孔的？那明明就是不會吹簫嘛！

這句有趣的比喻，是我母親當年最愛說的。所以我牢牢記得。直到今天，仍在我家庭中流行著。我有時忙不過來，也會喊：「楠楠（我兒子的名字），快來幫我捺一下窟吧。」遇到他高興時，也會慢吞吞地過來，笑嘻嘻地說：「媽媽，你的簫吹得太快了，我替你捺窟都跟不上呢。」他說著，比劃比劃就跑了。到最後還是我自己吹簫，自己捺窟。本來嘛，一件事原當一個人一貫作業完成的，要別人插手幫忙，也是很難的。

想起我母親，她是位最最勤勞的鄉村婦女。每天一大早，雞蛋黃色的太陽臉兒還沒伸出山頭呢，她早已經

手輕腳輕地起床，摸黑到廚房，點起黃豆大的菜油燈，淘米升火煮飯燒茶。把什麼都做好了，才聽見長工一個個起來。天冷時，我縮在暖被窩裡，豎起耳朵聽母親叮叮噹噹的鍋鏟聲，嘩嘩的撥水聲，直到一股紅山薯香味撲鼻而來，我才爬起來。跑到廚房，在灶邊踮起腳尖喊著要吃紅山薯。母親就會說：「先洗臉漱口去。」我就端了個木臉盤 （早年鄉下都是木盤，沒有像今天的塑膠盆），蹭著母親說：「媽媽，我不會掏水，瓜瓢太大（用葫蘆瓜做的水瓢），湯罐太高（鄉下的土灶，燒水的罐子夾在兩個大鑊之間，燒飯做菜時，罐裡的水也同時燒熱了。鄉下的柴火雖然在山上取之不盡，但仍是非常省儉的）。」母親生氣地說：「你呀，一個人吹簫，還要一個人替你捺窟。」我咯咯地笑個不停，母親給我掏了熱水，還伸手摸一下是否太燙。我這才把一張白底藍條的布巾浸入，濕漉漉地拎起來，蒙在臉上說：「哦，好舒服啊！」前襟已經滴濕一大攤。母親說：「快來幫我端盤子。」我說：「臉還沒洗好呢。」她只好自己邁著小腳端去了。一邊笑罵：「你這個懶丫頭，看你長大了連飯都煮

不成吃呢。」

　　可是長大以後，自己也做了母親，馬上變得勤快起來，做什麼事也都滿俐落的。想想當年母親要我幫忙，我從沒好好幫過一下。母親說她總是自己吹簫，自己捺窟。我現在呢？想要兒子代捺一下窟也不成。凡事只好靠自己，這就叫做母親的辛勞。

　　仔細想想，「一個人吹簫，一個人捺窟」這句土話，如果從好的方面解釋，也表示兩個人合作完成一件工作，配合得非常好的意思。天下許多事，靠一個人的力量總是不夠的，必須大家合力同心以赴。俗語不是說：「眾擎易舉，孤掌難鳴」嗎？「吹簫」和「按孔」本是一件事的兩種動作。如果按孔的人，能配合吹簫人的節奏、高低，按出調子來，那麼他們二人一定是密切無間、全神貫注在一首曲子上，還有什麼比這樣兩心相契的境界更美妙的呢？

誰都知道，鹹魚是一種用鹽醃過的魚。切一小段，加點肉末一起蒸，或是用油炸一下，噴上糖醋，都是非常可口下飯的好小菜。我從小最最喜歡吃鹹魚了。節省的媽媽，總特地為我醃條大黃魚，一小段一小段的用肉末蒸給我吃，一條大黃魚，得吃上個把月呢。我每回都把又香又鮮的黃魚、肉末和滷子都吃得光光的，剩下一段魚的背脊骨在碗裡。媽媽還要夾起來，放在嘴裡啜呀啜的，還說鮮味都在骨髓裡哩。

外公看媽媽啜得那麼有滋味，他噴著旱煙說：「小春呀，你不省點鹹魚給媽媽吃，吃太多了小心喉嚨哟著喲。」

媽媽也笑笑說：「可不是嗎？下回只許她一頓飯吃半塊了。」外公說：「半塊都太多了，下回只許她看鹹魚，不許她吃了。」

「怎麼叫看鹹魚呀？」我奇怪地問。

「看鹹魚呀，讓我講給你聽。」外公講故事了：「有對小兄弟，家裡很窮，平常從來沒有魚吃。有一天，爸爸好容易捉到一條大魚。媽媽就用鹽把魚醃了，掛在屋

簷下。孩子們吃飯時，桌上光光的沒有一樣菜。媽媽對他們說：『兒子呀，你們有一條鹹魚下飯了。鹹魚就掛在你們眼前，你們倆挖一口飯，抬頭看一下鹹魚，就把飯嚥下去。』弟弟很聽話，吃一口飯，看一眼鹹魚。哥哥卻一連看了兩眼才挖一口飯，弟弟喊著告狀：『媽媽，哥哥看了兩眼囉。』媽媽說：『你別管哥哥，哥哥不乖，多看一眼鹹魚，吃得太鹹了，喉嚨會响著。』」

看鹹魚都會响著，我聽得笑彎了腰。媽媽說：「這是窮人家的笑話，你該知道窮家孩子連一條鹹魚都捨不得吃，只許看看來下飯。你一大塊鹹魚一頓就吃得精光，比起他們不是太享福了嗎？」

我偏著頭想了半天，想想那一對小兄弟，一定是並排兒跪在長板凳上，伸著脖子眼巴巴地看著鹹魚，直嚥口水。心裡好難過，我說：「媽媽，明天我也要看鹹魚吃飯。」

「好，」媽媽說：「我也給你在窗口掛條鹹魚。也不許看兩眼喲！」

我咯咯地笑了半天說：「但是，我不要掛著的鹹魚，

我仍然要肉末蒸的鹹魚，擺在桌上讓我看。」

外公大笑說：「那就讓你聞一下，挖一口飯吧！」

第二天，媽媽照樣給我蒸鹹魚，我趴在桌子邊上，又看、又聞、又吃，仍然只剩下一段魚背脊骨。媽媽仍然放到嘴裡啜，一點也沒怪我。

到今天，我還是愛吃肉末蒸鹹魚。每回把它端上桌子，總是聞上好一陣子，立刻覺得胃口大開。

如今我們家家都這般豐衣足食，大家講究多吃菜，少吃飯。這道鹹魚蒸肉的下飯菜，一定上不了營養專家的食譜。可是我就是愛鹹魚。我吃著、聞著、看著，好像外公和母親就坐在我身邊，笑瞇瞇地看我大口大口挖著飯，吃得津津有味呢。

木魚的故事

小時候，我只要又蹦又跳又笑的，外公就說：「看你的嘴巴咧得跟木魚似的。」我就會用小拳頭敲著自己的兩頰喊著：「木魚、木魚，快快把肚子裡的經典吐出來呀！」

木魚肚子裡怎麼會有經典呢？看媽媽坐在佛堂裡唸經，用小木槌敲著木魚，嘴裡唸得又快又好聽，我就想到是木魚把經都從牠張著的大嘴巴裡吐出來，讓媽媽撿到了。因為外公給我講過木魚吞經的故事：

唐僧去西天取經回來，走到一條大河旁邊，一看沒有渡船，正不知如何才能過去，卻看見一條大魚慢慢游向他來，張開大嘴和唐僧打招呼說：「師傅呀，您要過河嗎？來，爬在我背上，讓我揹您過去。」唐僧驚奇地問：「你這條魚怎麼會說話呢？」大魚說：「我修練了好多年，已經快要得道成仙了，今天也是有緣，遇到您這位虔誠的師傅。讓我為您效勞吧。」唐僧非常感謝地伏在大魚背脊上，雙手緊緊捧著寶貴的經典，讓牠揹著慢慢游向對岸。

游到半中央時，大魚心裡忽然想道：「聽說這些經典

代表著最最高的智慧和福澤，唐僧千辛萬苦向西天求來，如今全部都在我背上，如果我把這些經典統統吞下肚子去，我不就可以馬上得道成仙了嗎？」想到這裡，大魚完全忘掉開始原是要幫忙唐僧的那番心意，就漸漸地把身體向河心沉下去，把唐僧整個淹沒在水裡。經典也紛紛散落在水中，大魚就拚命張大嘴巴一本本把經典吞下去。正在這個時候，唐僧的徒弟孫悟空趕到了。他一把救起師傅，又趕緊搶救經典。但是一大串已經被大魚吞下肚子了。孫悟空憤怒地捉住大魚，從耳朵裡抽出金箍棒，使勁敲打牠的肚子，大魚忍不住痛，才把經典一本一本再吐出來，但是仍有一小部分沒有吐得出來。孫悟空指著大魚責備說：「你這條大魚，既愚蠢又有私心，哪裡還成得了仙，悟得了道？現在罰你做條木頭的魚，一輩子在佛堂前面趴著，供善男信女們敲打，也好贖贖你的罪過。」

　　因此這條大魚就變成了一條木魚，擺在佛堂前的香爐邊，和尚唸經時用木槌敲著牠的大腦袋瓜，要牠把剩在肚子裡的經典再吐出來。可憐的大魚，只為一念之差，

永遠得忍受著枯涸和被敲打的痛苦。不知要經過多少億萬的敲打,才能抵得過牠的罪孽呢?

外公講完故事,又對我說:做好事、做壞事,都只在一念之間。大魚原打算幫助人,由於一點自私心,反轉成害人之心,實在太可惜了。何況天下哪有那麼不勞而獲的事,別人辛苦得來的成果,怎麼可以佔為己有呢?

木魚吞經的故事,外公講了又講,我的嘴雖然咧得像木魚,卻不能像木魚那麼貪心呢。

外公還給我講了一個故事，到今天還牢牢記得，並
且時常講給小朋友們聽。

有一對小兄妹，到山上去採果子吃，他們採了滿滿
一口袋的山楂果，邊走邊吃。忽然聽見有人喊土匪來了，
要捉孩子，兩兄妹就拚命的逃。逃到一個山洞口，洞外
面密密地結了一個大蜘蛛網。妹妹就要跑進去。哥哥說：
「且慢，讓我先把山楂果扔掉。」妹妹又急又奇怪，說：
「為什麼要扔掉呢？」哥哥來不及回答，只顧跑向另一
個方向，抓出口袋裡的果子邊跑邊撒，撒完了跑回來，
對妹妹說：「你要仆下身子，往蜘蛛網底下慢慢地爬進
去，小心不要把網子碰破。」妹妹生氣地說：「這樣緊急
的時候，還要慢慢爬，怎麼來得及？」哥哥還是不回答，
自己伏在地面，慢慢爬進去，妹妹也只好跟著爬了進去，
網子一點也沒有碰壞。

他倆在洞裡悄悄地躲著，連咳嗽也不敢咳一聲。不
久兩個土匪來了。其中一個說：「剛才好像看到有兩個孩
子朝這裡跑來，怎麼忽然不見了。唔？一定是躲進這個
洞裡去了。」另一個土匪卻說：「我看不會的。如果他們

跑進洞裡，一定會把洞口的蜘蛛網碰破了。可是這個網還是好好的，他們是怎麼進去的呢？」他們又在地上發現了好些山楂果，就一路循著山楂果找去，想著兩個孩子一定是朝那個方向跑掉了。

過了好久，兄妹才從洞裡爬出來，妹妹說：「好險啊！哥哥，全靠你叫我不要把蜘蛛網碰破。真是蜘蛛救了我們呢。」哥哥說：「你不記得媽媽常常對我們說的嗎？凡是有生命的東西，都有靈性、有知覺的，我們不可以去殘殺牠，傷害牠。剛才我們存了這一點好心，好心就有好報呢！」

妹妹聽了連連點頭，邊走邊數著口袋裡的山楂果，非常佩服地說：「哥哥，你真聰明。在這樣緊急的時候，還會想出這個好辦法，把土匪引開了。」哥哥得意地說：「這叫做情急智生。老師不是說嗎？越是在危險的情形下，越要鎮靜。一鎮靜，主意就來啦！我剛才那一招，在兵法上叫做聲東擊西。你懂嗎？」妹妹偏著頭說：「哥哥，你真是小小諸葛亮呢，我要快快回家，告訴媽媽去。」

　　小兄妹倆回到家中，把剛才的危險情形，一五一十說給媽媽聽。媽媽先是為他們捏一把汗，後來越聽越高興。把他們摟在懷裡說：「你們有這樣的好心腸，又有這樣的聰明機智，我就放心了。要知道，天地之間，一切有生機的東西，都有感應。莫說動物，樹木花草也是一樣。你們要永遠保有這一顆對萬物的愛心，長大之後，就會是一個仁慈和藹的人，遇事也會逢凶化吉，享受快樂幸福的人生！」

如今的原子筆真是方便，寫起字來滑溜溜的，原子油用完了就往字紙簍裡一扔，再換枝新的。我最喜歡用筆管透明的那一種，寫的時候，眼看著正中間那條像寒暑表水銀柱的筆心，一點點地低下去，低到沒有了，仍捨不得扔掉，只把中間細管抽去，留下透明的筆管，一大把在抽屜裡滾來滾去。有時抓出來摸摸看看，真想用這些玲瓏可愛的玻璃管，搭一幢水晶牆壁、水晶瓦的玩具小房子，可惜我沒這分天才。

　　我愛原子筆筆管是有道理的，話要說到我的初中時代。民國十幾年那個時代，哪有什麼叫做「原子筆」的？連一枝花花綠綠的橡皮頭鉛筆都當寶貝，同學之間比來比去，相互炫耀。有一次，一個同學給我們看一枝金色的自來水鋼筆：「我爸爸從美利堅帶回來的。」他把「美利堅」三個字的聲音咬得特別清楚，生怕我們聽不懂，神氣活現的樣子。我向它瞄了一眼說：「是男式的，有什麼好？我將來要有一枝女式的。」說是這麼說，誰給我買呢？爸爸不許小孩用講究東西，媽媽連我用鉛筆都嫌太貴了，還會為我買自來水筆？天保佑，忽然從南京來

了位姑丈，正巧送了我一枝女式自來水筆，翡翠綠的筆桿，掛鍊就像真金的，比同學那枝金光閃閃的還要漂亮。姑丈親手把它掛到我頸子上，說是給我考取中學的獎品。我快樂得眼淚都要掉下來了。自來水筆在胸前蕩來蕩去，連吃飯睡覺都捨不得取下來。姑丈悄悄對我說：「小春，這是一枝魔筆呢，你每天用它寫筆記、日記、抄英文，你的記憶力會加強，文思會大進，但是一定要天天寫，不能間斷啊，一間斷就不靈囉！」

　　我那麼愛它，當然每天用它做筆記、寫日記、抄英文生字，果然覺得自己文理愈來愈通順，英文字也愈寫愈漂亮，連美國老師都誇我大有進步了。它真是一枝魔筆呢！我心裡好高興，清早上學，第一件事就是摸一下胸前的翡翠自來水魔筆。

　　有一天，我正得意地又跑又跳，一不小心，跌了一個大觔斗，鋼筆從套子裡脫落下來，筆尖跌開了叉，再也不能使用了。我大哭起來，老師以為我跌痛了，其實膝蓋跌破皮出血算得什麼？傷心的是我沒有了魔筆，以後再也寫不出流利的日記和漂亮的英文字了。我邊哭邊

寫信告訴姑丈，「魔筆開叉不能用了，我的一切都完了。」姑丈的回信很快就來了。他說：「小春，我送你的那枝自來水筆，確實是魔筆，你只要勤勤奮奮用它寫字，一天也不曾間斷過，你的手就會把所有的筆都變成魔筆，隨便拿起什麼筆，都會寫出一樣流利的日記、漂亮的英文字來。不信你馬上試試看，仍舊天天寫，不要間斷。」我只好聽他的話，耐著性子拿起蘸墨水鋼筆來寫。說也奇怪，原來澀澀的筆尖，竟然也變得滑溜起來。寫出來的字，並不比翡翠自來水筆差，這是什麼道理呢？我跑到學校問老師，並且把姑丈的信給她看。老師點著頭，笑瞇瞇地說：「你姑丈的話一點不錯。你知道嗎？魔筆並不掛在你胸前，而是握在你勤快的手中。你天天寫字，天天用心思想，用腦記憶，你就永遠握有一枝魔筆了。」

姑丈和老師的話，我到今天還牢牢記得呢。

　　我唸初中的時候，每回作文發下來，都是密密麻麻的連排紅圈圈。尤其是那個大大的「甲」字，好像咧開一張四四方方的嘴在對我笑。和我並排兒坐的同學名叫曹萱玲，她總是瞪著一雙滾圓的大眼睛看老師給我的批語。我就索性示威似地把作文簿攤開來，攤在她鼻子底下，面露得意之色。

　　可是輪到英文課呢！她的考卷分數就總比我高一點了。原因是她的字寫得比我清楚漂亮。造句也造得好。我呢？老是掛燈結綵的，東一團墨水滴上了，西一堆用橡皮擦得糊裡糊塗的。儘管文法不錯，拼音不錯，看去總沒她的卷子眉清目秀。所以老師給她的批語是 "Very good"，我的呢？總少了個 "Very"。她也常常把考卷向我這邊一攤，我一看就沒精打采了。我心裡想，如果她的英文沒有這樣好，我不就是全班第一個「文學家」了嗎？於是每回考試時，我真希望她多錯一道題，我就可以勝過她了。看她的神情也正是一樣希望我的作文少幾個圈圈，或是「甲」字下面多個「下」字。

　　我們彼此這樣在心裡暗暗地忌妒著，感到很不快樂。

有一次，老師給我們講了一個故事，她說：「有兩隻孔雀，羽毛都非常美麗。牠們的尾巴開起屏來，真是漂亮極了。但是牠們心裡都想，如果我同伴的羽毛沒有我的美麗，我不就是第一美麗了嗎？於是牠們就對啄起來，把彼此的尾巴都啄得七零八落的。牠們的尾巴都不再美麗，再也不能開屏了。你們想想孔雀不是大錯特錯了嗎？牠們應當相互競爭，好好愛惜自己的羽毛，努力把尾巴張得漂漂亮亮和對方比賽，卻不應當啄對方的羽毛。牠們太愚笨了！」

　　講完故事，老師慈祥的眼神向我們望來，我慚愧地低下頭去。偷偷看曹萱玲，她也正在看我，笑了一下，我也不好意思地笑了。

　　下課以後，我們一同蹦蹦跳跳地走出課堂，到草地上拍球、踢毽子。抬頭看見老師正倚在窗口向我們笑瞇瞇地望來。在她的眼神裡，我們一定是一對友愛的孔雀，在亮麗的陽光裡，大家都努力開屏，卻不是彼此對啄羽毛呢。

一撮珍珠

我有一撮珍珠，像米粒似的，細細小小，數一數，正巧五十粒，完完整整一個數字，我把它們裝在一個像玻璃管似的小瓶子裡。再加入一顆小小珊瑚珠，紅白分明。不時拿出來，搖搖看看，倒在手心上，摸摸數數，再裝回瓶子裡，擺在書桌最順手的抽屜中，因為我常常要取出來玩一陣的。

這一撮珍珠，既不圓潤，又不光亮。卻是彎彎曲曲、黃黃扁扁，每一粒上都有兩個細小的孔。它們原是外祖母珠花上拆下來的。外祖母留給母親，母親留給我，真是極古老極古老的傳家寶呢。

外祖母那個時代，醫藥不發達，人們有病，不是服草藥，就是服偏方。有一年，外祖父生病咳嗽一直不好，聽人說珍珠粉可以治咳嗽，外祖母就將所有的珠花拆開來，先揀出最大的，一粒粒嵌在豆腐裡，用猛火蒸好幾小時，然後用銀搥子搥碎，碾成粉末，再和了酒給外祖父喝下去。究竟有沒有效呢？誰也不知道，但外祖母是以全心的愛，和了珍珠粉給外祖父服的，所以外祖父的咳嗽真的好了。最後剩下五十粒，外祖母把它們包了留

給母親，說珍珠避邪，保佑她長命百歲。母親在我出門讀書那年，把珍珠為我塞在箱底裡，給我避邪，保佑我長命百歲。

這是四十多年前的事了，珍珠的顏色因為年代愈久愈加轉黃，但它們在我心目中，卻是愈來愈寶貴。有時走過銀樓，把鼻尖碰在玻璃櫥窗上往裡看，各色珠寶琳瑯滿目。珍珠種類好多，有純白的，有粉紅的，也有深灰色的，一顆顆又大又圓又亮，價格貴得驚人。我若是把自己的一撮珍珠擺在一起，一定會黯然失色。但那些珍珠再貴再好也是人工培養的，哪裡及得我的是道道地地真正的珍珠呢？

聰明的阿拉伯詩人，給珍珠編了個故事，說在月光明亮的夜晚，牡蠣游上海灘邊，張開嘴晒月光。天上正在哭泣的仙女，一顆顆眼淚剛巧滴落在牡蠣的心臟裡，就變成了一粒珍珠。這故事多麼淒美啊！其實珍珠的形成是非常艱苦的。原來是一粒沙子，偶然侵入牡蠣殼內，牡蠣當然感到很不舒服，就辛苦地蠕動柔軟的身體，想把沙子排除出去。但沙子並沒有被排除出去，卻由於身

體的蠕動，分泌出一種透明的液體，把沙子一層層包裹起來，蠕動越久，液體包得越厚，漸漸地凝固起來，成了一粒晶瑩透亮的珍珠。貪婪的人類，從海裡把牡蠣撈起來，挖出珍珠，可憐的牡蠣，卻因此送掉生命。

我在美國聖地牙哥參觀海的世界，看採珠的女孩，躍入水中，游到深水處摸起一個蚌，剝開來，裡面有一粒珍珠，她問遊客要不要買，我沒有買。我不忍心眼看活生生的蚌為了吐出珍珠而死去。我立刻想起自己家裡那一撮古老的珍珠。它們雖然並不晶瑩透亮，但也是牡蠣辛苦的成果啊！

在臺灣東南部的一個小村莊裡，有一家姓林的居民。他和賢淑的妻子，過著非常幸福的生活。美中不足的是，他們一直沒有孩子，感到有點寂寞。

有一天，林某到山中去打獵，一箭射出去，射死了一隻小鹿。可憐的母鹿，在一旁哀鳴不去。他當時心中非常後悔。但小鹿已死，回生乏術，只得抱著小鹿，將牠埋葬了。他淚眼模糊地抬起頭來，看見面前一道瀑布，自高空傾瀉而下。濛濛的水珠，在陽光中幻化出五彩光芒。這奇異的景象，使他感覺到大自然中有一股偉大的生命力，隨時隨地在擴張。他在心中默禱起來：「小鹿呀，我把你葬在此地，山川的靈氣，會灌溉你的生命，使你復活。你一定會復活的啊！」他這樣的默禱著，悲哀的母鹿也彷彿懂得他的意思，在他身邊繞了幾圈，才慢慢離去，牠眼神中絲毫也沒有對他怨恨的意思。

他再抬頭望望五彩繽紛的飛瀑，彷彿看見他平時頂禮膜拜的觀音菩薩，懷中抱著一個嬰兒，遠遠向他走來。他趕緊合掌跪地。耳中又彷彿聽到一個慈祥的聲音對他說：「小鹿已死不能復活。但你既親眼看見牠臨死時掙扎

的痛苦，和母鹿喪子的悲哀。從今以後，你要立志戒殺，愛惜生靈，一定會給你帶來無窮福祉。」他喃喃地回答：「我一定立下願心，從今以後，永不再殺生了。」從那以後，他沒有再打獵，家中也不再殺雞鴨活魚。他覺得為了滿足一己的口腹之欲，而殘殺生命，是一種非常殘忍而且自私的行為。

　　第二年，林太太生下了一個白白胖胖的孩子。林某不禁想起那一天在瀑布前面，隱約中顯現的觀音菩薩，懷中不是抱著一個嬰兒嗎？他頓時感悟到慈悲菩薩，原本就在他方寸靈臺之間，一念之善，自然就產生善果善報。他馬上帶了妻子，抱了嬰兒，來到瀑布前面膜拜感謝。並將此事告訴大家，也是勸人為善之意。地方上就將這道瀑布，定名為觀音飛瀑。

　　這是一個傳說故事。我們不必追究它的真實性。但「一念之善，便得善果善報」，卻是天地間顛撲不移的至理。林某在殺死小鹿之後的追悔，就是善念。他立誓不再打獵殺生，更是善念，也就是聖人所說的惻隱之心，使他懂得了天地間生生不息的道理。他自己既然盼望有

個孩子，應當更體會到母鹿的喪子之痛，這也就是佛家所說的廣大靈感了。

因此在他眼前所出現了的觀音菩薩，並非幻覺，更非迷信，而是一種至真至善至美的心靈現象。他耳中聽到慈悲的聲音在勸告他戒殺，其實就是他自己的心聲。

這段美麗的民間故事，給觀音飛瀑抹上神祕的色彩，相信來往的遊客，徘徊在飛瀑之前，彩色繽紛的壯觀，一定會引發他們更深的領悟吧！

聽說「看門狗」，哪有「看門貓」呢？可是我家就有一隻忠心耿耿的看門貓。每回當我從外面回來時，牠總是畢恭畢敬地坐在我家門口，瞪著一對大眼睛衝我叫。要不就是蜷成一個圓球，一對前腿抱住鼻子呼呼大睡。那麼牠為什麼不在屋裡而要呆在門口呢？因為牠不是我家的貓。牠原是對面樓下鄰居的貓，養牠只為捉老鼠，從沒哪個愛撫過牠，餵牠飯也是飽一頓、餓一頓的，鄰居搬走以後，牠更變成無家可歸。可是牠仍然高臥在大門上面一塊水泥平臺上，我每天早上拉開陽臺門，一定先和牠打招呼，我拉長了聲音叫：「咪咪唔！我的好咪咪唔。」牠就起身伸個懶腰，也拉長了聲音回答我：「咪咪──」我們彼此談一陣，然後牠坐下來歪著頭看我彎腰曲背做早操。早操後，我一定招待牠一碟牛奶。

天氣漸漸熱了，牠不再在平臺上曬太陽，就在巷子裡跑來跑去，有點悽悽惶惶的樣子。有一個下雨天，牠渾身淋得濕透了，我好不忍心，立刻奔下去，把牠帶進家門。牠早就盼望有這麼一天，就大搖大擺地進來，睡

在我為牠鋪得軟軟的盒子裡。起初牠好乖，只睡那個盒子，每天「晚出早歸」，喝了牛奶就睡覺。但漸漸地，牠要睡沙發、睡床了。我的膝頭，更成了牠的安全港。一個個梅花腳印到處都是，最糟的是牠帶來的跳蚤咬得我體無全膚。家人提抗議了：「這樣髒的貓，小心傳染病啊！」我怎麼辦呢？只好給牠擦藥粉，可是牠好怕，咬了我好幾大口，血一直流。屋子裡跳蚤越來越多，我四肢上斑點也越來越多 。 不得已只好全屋子撒 DDT 粉來清除，也只好狠心地把貓關在門外。起先牠每天一大早就來叫呀叫呀，苦苦哀求我開門接納牠，我還是不能，因為 DDT 氣味對牠有害 ，跳蚤對我們有害，我只好把魚飯和水放在門口，牠吃飽以後，看看沒希望進來就跑出去玩。玩累了，就回來在我門口腳墊上睡覺。上下鄰居的孩子們都好愛牠，給牠吃蛋糕、肉鬆。牠到處掛單，得吃得喝。牠成了我家的看門貓，也是這一幢公寓裡每個孩子的好朋友。

　　牠肚子漸漸大起來，要做媽媽了。有好幾天，牠忽然不來了。再來的時候，肚子小了，小貓已經生了。我

真擔心，牠把小貓下在哪裡了呢？有一個下雨天，牠忽然啣來一隻雪白的小貓，我連忙給牠在門口擺個大紙匣，牠馬上把小貓放在裡面，然後一隻隻啣來，一共四隻，黑的、白的、花的，好可愛。我用紙板蓋好，在上面寫一張條子：「請小朋友們不要驚動牠，牠生了小貓了。」小朋友們都好興奮，紛紛為牠送來沙丁魚、牛奶，蹲著看半天，一點也不打擾牠們。牠整天在裡面陪伴牠的小兒女。看牠們真幸福、真滿足啊。母貓對我們的信賴，也叫我們好感動。

我抬起頭來看看日曆，哦！那天正是五月十一日母親節。母貓恰巧在母親節的前一天，把牠的小兒女啣來託付給我。牠送了我最最好的一樣母親節禮物——讓我做了貓外婆。

我不由得想起小時候在鄉間。每回我家母貓生小貓時，我媽媽總用一個深深的大木桶，拿舊衣服墊得軟軟的，放在她自己床邊，讓母貓帶著小貓睡在裡面，不受一點打擾。媽媽給牠拌黃魚稀飯吃，說母貓做月子，要進補才會下奶。媽媽臉上的笑容好慈愛。我說：「媽媽，

您當貓外婆了。」現在我也當貓外婆了，因此，我好想
念我的媽媽啊！

我心裡有一隻可愛的狗

我的好幾家鄰居都有狗，每天清早或傍晚，看他們每人手牽一隻，在巷子裡散步。狗有大有小，有黃、有黑、有白，各色品種，各樣神情。但是蹦蹦跳跳，跑到哪兒都要撒點兒尿，卻都是一樣。我看他們邊走邊喊狗的名字，又罵又疼的樣子，真叫人羨慕呢。可是我不能養狗，一來是住公寓，狗叫起來怕妨害鄰居的安寧。二來我太忙，有事外出時，牠會感到寂寞。所以我只好看看別人的狗，摸摸牠們，就算望梅止渴了。

有一次，我看到巷子轉角處的老鞋匠身邊臥著一隻狗，又瘦又老，可憐兮兮的。我問他：「這是你的狗嗎？」他說：「不是的，是附近一家的狗，牠名叫哈利。可是主人不愛牠，白天都不讓牠回家，所以我就餵牠了。」我蹲下去摸牠，牠一對無精打采的眼睛望望我，又趴下去睡了。我心裡好難過啊。到了晚上，老鞋匠收攤回家，哈利也只好回到主人家中，雖然主人不愛牠，牠還是要替他看門呀！我覺得狗的命運，也有幸和不幸。有的主人那麼愛牠，有的卻是如此的冷落牠。狗若會說話，一定也有一肚子的委屈呢。

　　記得好多年前，我的房東有一隻矮矮胖胖的狗，性情非常溫馴。房東說牠已經八歲了，和人類相比，等於已經過了中年。可是牠蹦跳活潑起來，像隻小狗。我們一見面就成了好朋友，牠自己的主人除了餵牠飯，從不和牠說話，養牠只為看門。我就索性接管過來，餵飯、洗澡、散步都歸我。我在家時，牠和我寸步不離，我外出時，牠一定送我到公車站，我好高興自己輕輕鬆鬆地就收養了一隻狗。沒想到有一個冬天的夜晚，牠送我外出，我回家時卻不見牠蹦出來迎接，就此無影無蹤地消失了。房東說一定是附近賣香肉的把牠捉去燒了香肉。他說這話時，好像一點也不難過，我卻眼淚忍不住撲簌簌落下來。都是我不好，我不應當讓牠送我的。從那以後，我決心不養狗了。

　　可是現在看到別人有狗作伴，我不禁又想養了。如果搬到一幢平房，有前後院的話，我一定要養一隻最最可愛的狗。我不要什麼名種狗，只要小黃、小黑、小白等等的土狗就行了。只要我和牠相依相守，牠就是一隻世界上最最可愛的狗了。我會叫牠弟弟或妹妹，對牠稱

自己為媽媽。我會從牠單純的聲中分辨出來，牠究竟在對我說什麼，我們會用狗語交談呢。

　　人總是有時會有點小小不快樂，或感到寂寞的，當你不快樂或寂寞時，狗就是你最好的伴侶。牠會脈脈含情地望著你，忠實地守著你，為你分擔憂愁。

　　我多麼盼望這隻可愛的狗快快來到我面前，可是現在牠在哪裡呢？也許牠還沒有出生，也許已經在一個什麼地方，等著我去抱牠了。每回我走近狗店，伸手去摸籠子裡擠在一堆的小狗時，每隻小狗都會來聞我的手，嗚嗚地叫著，彷彿在對我說：「收養我吧，把我抱回家吧！」可是我仍然忍心地走開了。因為我暫時還不能養狗，等到有一天，緣分到來，一定會有一隻矮矮胖胖的小狗，搖搖晃晃，走進我的懷裡，那就是我心中的愛犬了。

我現在住的是公寓一樓，前後院沒有老榕樹。但是我好懷念二十年前，住在公家宿舍裡的時候，籬笆院角那棵好老好大的榕樹。那時我的兒子楠楠才三、四歲，夏天的傍晚，他總記得幫我搬張小竹椅，邁著矮胖腿兒，搖搖擺擺地走到大榕樹下，坐下來乘涼。大榕樹的枝椏像手臂似地撐開來，上面有很多很多像藤蘿似的柔條垂下來。楠楠就喊：「看，大樹長鬍鬚。」我說：「可不是嗎？大樹老了呀。」他又說：「爸爸媽媽老了長鬍鬚，楠楠老了也長鬍鬚。」

他在樹下走來走去，小腳丫踩在高低不平的樹根上，再蹲下來仔細地看。嘴裡唸著：「蟲蟲。」原來他又看到大螞蟻了。老榕樹下好多大螞蟻啊！一串串地在爬行。他把所有會爬會飛的都叫蟲蟲，連小麻雀也叫蟲蟲。他伸出小手去捉螞蟻，我喊：「楠楠，不要抓牠們，牠們要回家，回家找媽媽，你把牠們捏死了，牠媽媽會哭啊。」他連忙縮回手，仰頭望著我問：「蟲蟲找媽媽呀！」我點點頭：「哦，蟲蟲找媽媽。」從此他記住了，永不再伸手捏螞蟻。還不時把餅乾屑撒在地上給牠們吃，守著牠們

搬回窩去。爸爸走過時，他就喊：「不要踩到，蟲蟲找媽媽。」

　　他一臉的憨厚，使我想起自己幼年時候，跟著哥哥頑皮捉蟲蟲的情景。有一次捉知了（蟬兒），挨了母親一頓打，到現在好像手心還在疼呢！

　　哥哥比我大三歲，頑皮透頂，卻是膽大心細。他每回捉蟬兒、蜻蜓、蝴蝶等，都是手到擒來，不用任何工具。夏天的午後，蟬兒在高樹的濃蔭裡唱著自己的歌。他悄悄爬上樹去，一下子就捉到一隻。我站在樹下等著，心裡又怕又想看。他跳下地，把手中的蟬兒仰過來，在牠脖子底下肚子上輕輕搔著，蟬兒就掙扎著叫起來。可是和在樹上的唱歌完全不一樣，一定是很害怕或很生氣吧。可是哥哥就是這般捉弄夠了，才又把牠放走。有一次，卻不小心把牠玻璃紗那麼薄的翼子弄碎了。牠不能飛，只在地上困難地爬著，身子在發抖。恰巧母親走來看見了。她好生氣，揚起手就打了哥哥兩記耳光。把我的手也拉過去，重重打了三下。嚴厲地說：「記住，再不許捉弄蟬兒，你聽牠在樹上知了知了的唱得多快樂。蜻

蜓、蝴蝶在花兒中間飛來飛去多自由！為什麼要捉牠們？如果把你們的手腳綁起來或折斷了，你們痛不痛？害怕不害怕？」哥哥恭恭敬敬地垂手站著，卻用眼睛偷看我。我覺得好冤枉，心想我並沒有爬上樹去捉蟬兒呀，媽媽為什麼連我也打在裡面呢？可是眼看地上碎了翼的蟬兒，不會再飛，心裡又好難過。眼淚不由得流下來，不知道是因為自己挨打委屈而哭呢？還是為了那隻受傷的蟬兒擔心。母親把蟬兒小心地捧起，放回樹枝上，免得被人踩到。

我把這故事講給楠楠聽，他顯出滿臉的憂傷，想了一回，問道：「媽媽，那個蟲蟲，後來有沒有找到媽媽呢？」

我茫然地搖搖頭，又連忙點點頭說：「我想牠一定找到媽媽了。因為牠沒有再掉下來。」楠楠這才放心了！

我揉揉自己的手心，想起當年母親重重地打了哥哥和我，她自己的手掌心不是一樣的疼嗎？

我的兒子從遠方來信說：「媽媽，快過農曆新年了，我好想家啊。在異鄉異土，才感到家的溫暖，才體會到您的愛，才懷念您親手做的年菜多麼香！以前在家裡過年，您越是忙裡忙外，我越是趁機溜出去找朋友聊天。現在才知道金窩銀窩，不及自己家的草窩。等我有一天回來過年，一定寸步不離地陪在您身邊。──」唸著信，我的眼睛模糊起來了。我想念他一個人在異國，現在那邊正是天寒地凍，他的衣服夠不夠穿呢？早出晚歸自己做飯盒，吃得飽嗎？每年過年時，他最愛吃帶有五香味的臘腸，現在誰給他做呢？每年大除夕祭祖時，他都幫我擺桌椅、點香燭、放鞭炮。如今他長大了必須遠離，自己謀生，我們又怎能阻止他呢？

我邊唸他邊想起自己幼年時，每回過年都因貪吃零食而生病，害母親著急。長大以後，上了中學，過完春節就要辭別母親去上學。母親總要裝滿滿一盒乾菜餅，一盒棗泥糕，給我帶去分給同學們吃。臨行時，我摸著口袋裡圓滾滾的壓歲錢，低著頭走出大門，連說一聲「媽媽您多保重」都不會。一心只惦記到學校可以見到同學，

可以大吃大談。直到在寢室中打開箱子，摸著母親給我一針針縫補好的毛衣棉襪，取出香噴噴的乾菜餅和棗泥糕，才止不住眼淚一顆顆掉下來，馬上拿起筆來寫信：「媽媽，一到學校，立刻就想您啊！」邊寫邊哭，心裡好後悔在家時沒多陪陪母親，只顧自己看小說。

如今想起來，才知道做兒女的永遠不會體諒母親的辛勞，除非自己做了母親。我手裡捏著兒子的信，唸了一遍又一遍，於是坐下來寫回信：「你出了遠門，我們好冷清。祭祖時，我們代你斟了酒，向爺爺奶奶、外公外婆祝告，保佑你平安。但願你早早回家，全家團聚過新年。你就是一點忙不幫，我也不怪你。因為，只要你回家了就好。……」

還有好多好多的話，重重複複的寫也寫不清楚。相信每個母親，給兒女的信都是這樣嘮嘮叨叨的寫不清楚。

我不禁想起很早很早以前，寫的一首詩：

　　過新年了，我好快樂。

　　可是媽媽為什麼流淚？

「是灶孔裡的煙薰的。」媽媽說。
飯菜擺在外婆的照片前，
媽媽在擦眼睛，
我才知道，媽媽哭了。

叮叮噹噹的壓歲錢，放在枕頭下，
我做著快樂的夢，
媽媽在我耳邊說：
恭喜新年，你又長大一歲了。
我睜開惺忪的睡眼，
望見媽媽皺紋裡的笑。
我說：恭喜新年，但是
媽媽不要長大。

小天使的翅膀被我碰斷了，我好懊惱啊！

事情是這樣的，昨天晚上，我正在看書，電燈忽然熄了。我連忙摸黑找到一根紅蠟燭，又去摸我那心愛的小天使蠟燭臺，一不小心，撞到了桌角，她的左翅膀碎了，我只想哭。一忽兒電燈就亮了，我捧著小天使，撫摸著她的傷痕，整個晚上，什麼事也不能做了。

小天使蠟臺是一位好友送我的。去年冬天，我小心翼翼地把她遠從美國帶回來。一直站在我書桌上，陪我讀書寫稿。她是陶瓷做的，一張胖團團的臉，一對笑瞇瞇的眼睛，米色的衣裙，翠綠的長背心，雙手在胸前合抱著一本大紅封面的書，很有學問的樣子。一對翅膀張開，隨時向我飛來。她不像另外許多小天使那麼玲瓏乖巧，卻是端莊笨拙得逗人疼愛。尤其是在她頭上的花冠，鑲一粒鑽當中就可以插蠟燭。

我看書看得眼睛痠痛，寫字寫得手臂乏力時，就會放下書和筆，呆呆地和小天使對望。她好像在對我說：「和我說說話吧，別老是抿著嘴低著頭的，我也好冷清呢！」我就把她捧在手心，摸摸她，親親她。這時我心

裡想念的就是遠在美國的那位好友。

　　好友跟我一樣，也是個小玩意迷。她住的地方比較鄉間，每星期六，附近鄰居都擺出舊貨攤來。她每次都去慢慢兒一攤一攤的逛。每次都買點可愛的小玩意小擺飾回來。化的錢很小，美金幾角錢就可買到很精巧的小東西。這個小天使，她就是只化一毛五買的，合新臺幣才四塊錢不到。可是她把小天使特地送給我的這分情意，卻是萬萬分深厚的。她說願小天使令我忘去憂愁，笑口常開。我是多麼感激啊！

　　她住宅附近還有一家舊貨店，是學校老師和學生家長的聯誼會辦的，家長們把半新舊的東西，捐到這裡，標十分之一的最低價，賣出來的錢，作為學校的兒童福利基金。這裡的東西可說應有盡有。我去看她時，她帶我去逛了兩次，也是滿載而歸，碗碟、衣服、書籍、玩具，帶回家後一樣樣慢慢兒欣賞，真是其樂無窮。覺得這種「你丟我撿」的大賤賣，發揮了物盡其用的最大效果。我們都感到逛舊貨攤或舊貨店，自己就變成了大富翁，看到喜歡的都可以買，不必擔心荷包裡錢不夠。不

像走進豪華大公司,對著玻璃櫥窗裡金光閃閃的小擺飾,只好乾瞪眼,因為那標價就把你嚇一跳。所以逛大公司是參觀,跟逛博物館似的,從沒佔為己有的心理,倒也滿輕鬆的。

我真羨慕那位好友,每星期都可以享受一次逛舊貨攤的樂趣。她說有的是為了搬家,東西不方便帶,只好賣掉,有的是長輩去世了,兒孫們就把他們的東西賣掉,這就使人聽了很傷心。我們中國人是多麼重視長輩留下的紀念物啊!美國人是比較重實際的。但也不能怪他們,房子空間有限,舊東西堆不下也實在沒辦法。我的朋友買了小玩意,總是隨買隨送人,她說:「買的時候就有一分快樂了,何必緊緊地捏著不放,應該把快樂分給別人,我自己心中的快樂就增加了一倍。再說,也免得將來兒孫為我撒清陳貨的麻煩。」她這話是笑瞇瞇地說的,但我聽了卻有點感傷。

回國以後,我也把自己買的小玩意分贈朋友,把快樂和人共享。可是她送我的小天使,我卻當寶貝般的愛惜著。偏偏她的翅膀被我碰碎了一截。碎了就是碎了,

一點也無法補救，我好傷心好抱歉。只得把一盤萬年青
靠近她擺著，讓濃濃綠綠的葉子遮住她的傷口。可是小
天使一點也沒有生氣的樣子，她依舊是一張胖團團的臉，
笑瞇瞇的一對眼睛望著我，好像在對我說：「別難過，我
只有一隻翅膀也會飛。即使兩隻都沒有了，也一樣的飛。
因為在我心中，世界上沒有殘缺，只有完美，我的翅膀
是折不斷的。」

海豚回家

在電視裡看到一個節目叫「海豚回家」，報導我們的漁民，在澎湖外海捉到很多很多的海豚。訓練中心想把牠們訓練成能表演節目的「演員」，在澎湖和野柳開闢海濱遊樂場，供人賞玩。他們留下一部分海豚開始訓練，將八隻比較不能適應的仍舊放回大海中。我看到這裡，心中好高興。因為我覺得儘管海豚是那麼的溫馴，儘管訓練人員是那麼和善地對待牠們，我還是希望牠們自由自在地悠遊在大海裡。偶然游到岸邊和人類打打招呼、做做朋友，不要被人類利用，作為賺錢的工具，每天一遍又一遍地表演著重複的節目，吃得再現成，住得再舒服，那個劃定的天地究竟沒有海那麼廣大。日子久了，牠們恐怕會忘記大海是什麼樣子。到年紀大了，又怎麼處置牠們呢？再回到大海，還能適應嗎？

我旅居美國時，曾去夏威夷、福羅里達，和加州的聖地牙哥遊玩，看過好幾次海豚表演。啊！牠們真是聰明、乖巧，熱心地表演各種技藝，牠們跳躍起幾丈高，用鼻尖去頂一個球，在空中花式翻身，在水面豎直起來「行走」，或是讓人站在牠背上滑水，牠們的叫聲是那麼

嬌柔悅耳，好像小孩子向母親撒嬌，觀眾們一次一次歡呼拍手，牠們一定感到很興奮很光榮吧。但我忽然想，牠們如果心裡不高興不想表演時，是不是也可以休息一下，或回到大海去玩玩呢。住在有籬笆攔起來的地方，每天等著吃現成的比較省力呢？還是在大海中自己找尋吃的比較有意思呢？我不是海豚，不知道牠們心裡怎麼想。但有一點是可以確定的，就是人類是在利用牠，並不是真正愛牠。

生物學家說，海豚是一種對人類最友善的動物，牠願意幫人類做事、通訊、找尋東西、領航。有時還拯救人的生命。這一類的記錄片，我在國外看過好多，看牠們游到人身邊親暱地叫著、跳著，又高興地遠遠游去，心中真是感動。真願這個世界處處都呈現互相信賴合作的現象，不要彼此殘殺。可是人類究竟比動物聰明詭詐，常常利用牠們的善心而欺騙牠們、殺害牠們。拿牠們的軀體賣錢，這樣遭殃的海豚不知有多少啊！

比如貂吧！也是最仁慈的動物，捉貂人因此故意赤著上身臥在冰天雪地中引誘牠。貂群來了，帶頭的家長

伏在人的胸口上，其他的貂團團圍住他，給他溫暖。可
是狠心的捉貂人一把攫住胸口的貂，全家族的貂，竟一
個也不逃跑，願意守在一起同歸於盡。尾巴啣尾巴被捉
貂人一網打盡。剝取牠們的皮毛，殺害拯救他性命的貂
群。這個故事好悲慘，比起利用海豚表演賺錢殘忍千萬
倍了。我把這故事說出來是想提醒自己，對動物要仁慈，
動物也有靈性，牠們一樣有喜怒哀樂啊。

　　所以這次看到「海豚回家」這個節目，心裡很感動，
但願天地間每一樣有靈性的東西，都能享受充分的自由。
我更想念大陸上億萬同胞，他們哪一天能獲得自由，哪
一天能從心底笑出聲來呢？

我在美國租的房子，背後依山，有點像半地下室，廚房與浴室比較幽暗，也有點潮濕，所以時常出現蜘蛛。有時從牆角或天花板垂絲而下，不湊巧就會落到你頭頂上，不能不緊急措施。我的方式是用一片紙接住。如果是爬行在地板上的，就把紙放在蜘蛛面前，讓牠慢慢爬上來，嘴裡低低地唸：「蟲蟲，不要怕，我不殺害你，這裡不是你遊樂的地方，我放你到外面青草地去，那兒有陽光、有露水，多好呀。」（蟲蟲是我兒子小時候常常說的。他一見到小昆蟲就問「蟲蟲，你找媽媽呀？」）我把紙鬆鬆地包起來，把蜘蛛送到大門外放生，心裡感到很高興。因為我想起母親總是這麼做的。母親是位虔誠的佛教徒。連一隻螞蟻都不踩死。她說蜘蛛還會救人呢。如果被蜈蚣咬了，捉個蜘蛛放在創口，牠會把毒液吸出來。但你必須把蜘蛛再放在一碟子水上，讓牠把毒液吐出來，否則蜘蛛就會死掉。變成以怨報德，是不應該的。母親就是這般仁慈細心的一個人。我至今牢牢記住她的話，所以對蜘蛛也格外有好感。一見到牠就會喊一聲「抬頭見喜」。心裡也泛起一分祥和之感。

　　有一次，看見一隻非常大而壯健的蜘蛛，在浴缸裡急急爬行。我就用一張大紙，放在邊上，等牠爬到紙上。但是牠竟然一動也不動，由我一步步送到外面草地上。我蹲下來仔細看牠。發現牠身子轉過來面對著我，舉起前面四隻腳在空中舞動，嘴不停地一張一合，像對我說話的樣子。那神態實在令人感動。我並不認為牠是在向我謝「不殺之恩」，但牠一樣有靈性是可以確定的。牠在芬芳的青草上，嗅到新鮮的空氣，必然感到大自然的美好，生命的可貴。不要看如此微小的生命，一樣有喜怒哀樂和恐懼，你如果一腳將牠踩成泥漿，是多麼殘忍啊！

　　又有一次，一隻蜜蜂在廚房裡嗡嗡嗡地飛舞。我心想：蜜蜂可不像蜘蛛，我有什麼方法叫牠停下來呢？可是我仍舊用一張較硬的白紙，舉向空中，嘴裡又唸唸有詞：「好蜜蜂，聽話，停在紙上，我送你到外面有花有草的地方去。這裡有什麼好玩呢？你不該從小窗戶中偷偷飛進來的呀！」說著說著，蜜蜂果然停在紙上了。不偏不倚，停在正中央。我的手有點顫抖，因為我真沒想到蜜蜂會這麼聽話。硬紙不能包起來，我只好平平地舉著，

慢慢地向外走去。戰戰兢兢地終於走到大門外,最奇怪
的是,蜜蜂在紙上不但動也不動,而且把翅膀收斂起來,
渾身像一顆棗子核。一到門外,陽光普照,花香撲鼻,
牠馬上展翅飛起。在樹下兜著圈子飛了好半天,好像在
向我告別,我站在那兒都看呆了。並不是我自作多情,
但我相信凡是有生命的東西,無論大小,從空氣的震盪
中,都能感應得出人類的善意或惡意。一有殺機,牠就
遠遠躲避,這也許就是電波感應吧。別說動物,植物也
一樣,我栽植的幾盆花草,每天澆水時和它們說話,寫
作時常常停下筆來看看它們,撫摸它們,它們就欣欣向
榮起來。有一次出外旅行,託房東照顧,回來時一看,
葉子都搭拉下來,無精打采的樣子。可見樹木也是怕寂
寞的。有一份雜誌上說,一位園藝家作試驗,故意對一
個花圃除了細心栽培以外,還時常放音樂給它們聽,另
一個花圃卻沒有。結果聽了音樂的花木長得特別茂盛。
你說天地間,哪一樣是無情的呢?

　　記得早年父親教我背了一首詩:

莫道群生性命微，

一般骨肉一般皮。

勸君莫射枝頭鳥，

兒在巢中望母歸。

唸到最後兩句，真叫人不由得潸然淚下呢。

可是今天的世界，竟然到處血腥。人與人仇恨，國與國仇恨。成千成萬的生靈，受苦受難。一想起這些，不由得好傷心。難道世界已經接近末日了嗎？在滔滔災禍中，我卻為放走了一隻蜘蛛和一隻蜜蜂而沾沾自喜，也為更多微小的生命而憂愁。我究竟是不是癡傻呢？

我客居紐約時，發現廚房的舊烤箱裡躲著一隻小老鼠，時常從小破孔裡像箭一樣地射出來，飛速地兜一圈，又飛速地從小破孔竄回烤箱。那時正是隆冬天氣，外面雨雪紛飛，天寒地凍。我實在不忍心把小老鼠從牆洞趕出去，就抓點花生、黃豆放在烤箱裡給牠充飢。牠就在裡面嗦嗦嗦嗦地吃起來。就這樣，一天天的，久而久之，我們竟成了好朋友。屋子裡多一個小生命陪伴，我就不覺得寂寞了。我一個人看書做事的時候，不管白天夜晚，牠都大搖大擺地爬出來，在我腳邊繞一圈，然後遠遠地蹲著，一對黑眼睛一眨一眨地望著我，我就知道牠一定是肚子餓了，向我討東西吃。我笑著罵牠：「你這個小搗蛋啊！看我搬走了，誰管你？不被人打死才怪呢！」

我終於要回國了。整理行李的時候，一邊忙亂，一邊心裡掛記小老鼠，「好可憐的小老鼠啊！以後誰餵你花生米黃豆呢？誰會允許你住在破烤箱裡呢？」我忽然把心一橫，索性停止再餵牠，讓牠早點離開。可是有一天，牠竟然跳到我腳背上吱吱吱地叫。我好不忍心，低聲對

牠說：「小老鼠，我要回到自己的國家了。我在這裡是作
客，你在這裡也是作客，你如有別的地方可去，還是到
別處去吧。」牠好像懂我的意思，無精打采地繞了幾圈
就回烤箱去了。那兩個晚上，我硬是沒有再餵牠，也沒
有聽到牠嗦嗦嗦嗦的聲音。我心裡又有點像失落了什麼
的感覺。究竟我們相伴有一年多了，就算是人人都討厭
的老鼠，也是有情有義的小生命啊。我原打算託付樓上
房東的小男孩，可是一想不行，因為他的母親一定會用
捕鼠器捉牠，那不是太殘忍嗎？我只好在心裡默默地禱
告：「聰明的小老鼠，天地很大，你快點到別處去吧。你
看前面草坪上的松鼠，多麼靈光，總是在光天化日中來
來去去，在垃圾箱裡找食物，絕不在哪一家停留下來，
你若住在這隻破烤箱裡不走，一定會招來殺身之禍啊。」
如此過了兩三天，沒有牠的動靜了。我的心也漸漸安定
下來。可是當我有一天打開一隻整理好的紙箱時，發現
小老鼠竟然躲在裡面，仰起頭來吱吱吱地朝我叫。我又
急又好笑，牠居然想以紙箱為窩，隨我一同回臺灣呢。
我只好雙手把牠捧出來，對著牠尖尖的小臉，溫和地對

牠說：「你不能跟我回臺灣，你沒有入境證，進不了口呀。」我把牠裝在一個匣子裡，送到老遠的山坡地放了。並且將烤箱靠牆外的破洞堵塞，免得牠再來。可是冬日的寒風凜烈，牠一定徬徨在曠野地裡，無家可歸，但我又有什麼辦法呢？

　　我回國已經一年多了，每到夜深人靜之時，就會想起在異國陪伴我的小朋友，那隻乖巧的小老鼠。不知去年冬天，牠是怎麼過的。美國的冬天好冷，常常積雪好幾尺呢。小老鼠，你還能平安地活著嗎？人類總說老鼠是害蟲，見了就當撲滅牠，飼養老鼠尤其是不合衛生。可是老鼠也是生命啊，牠難道沒有生存的權利嗎？我不禁在心裡低低呼喚：「小老鼠，你在哪裡呢？」

「咪嗚，咪嗚。」小玲在夢裡聽到小貓叫的聲音，笑著醒了過來，定神一看，她已經沒有小貓了，剛才是隔壁張媽媽的貓在叫呢，還是她夢見了貓咪小白呢？原來她心愛的小白被爸爸送掉了。爸爸不喜歡貓，爸爸說貓身上有跳蚤，會傳染疾病。貓又偷吃東西，很不衛生。小玲一會兒抱貓，一會兒用手拿餅乾吃，好髒啊。前天小白竟把小周粉紅的臉頰抓傷，差點傷了眼睛，爸爸一氣之下，就把小白裝在布袋裡，送到很遠很遠的朋友家去了。小玲心裡好難過，為牠哭了好幾次，只是爸爸的話她一定得聽，她不能再養貓了。

可是小玲好想小白啊，她悄悄地央求媽媽，因為媽媽總是比較心腸軟的。她說：「媽媽，答應我把小白找回來吧，我一定把牠洗得乾乾淨淨的，使牠身上沒有一個跳蚤。我把牠教得乖乖的，不偷吃東西，不抓人。我抱過牠就馬上洗手。」小玲說得好有把握，可是媽媽笑著搖搖頭說：「辦不到的，小玲。貓身上的跳蚤是洗不乾淨，貓也不會那麼聽話。你抱過貓，哪會記得每回都洗手呢？有時候眼睛癢了用手背一擦，髒東西就進了眼睛，

眼睛發炎，小玲就不能讀書，不能玩兒了。」小玲感到好失望，翹起小嘴，低著頭，連又油又甜的蛋糕都不想吃了。媽媽摸摸她的頭溫和地說：「你乖乖的吃了早點上學去，不然你就要遲到了。星期天，媽媽帶你去百貨公司買一隻好漂亮的絲絨做的大白貓，天天放在枕頭邊陪你。」小玲說：「絲絨的貓不會叫，不會跳，不會吃東西，我不要。」小玲心裡想，絲絨大白貓哪有小白可愛呢。小白是她的好朋友，牠懂得她的話，她叫牠來就來，坐在她腳邊，用小舌頭舔她的腳尖，癢酥酥的，多好玩。有時爸爸媽媽有事出去了，有小白陪她就不感到寂寞了。絲絨貓有什麼好呢？媽媽老把她看得那麼小，她已經唸三年級，不是玩絲絨貓的幼稚園小妹妹了。

　　小玲一路去學校，心裡一直想著小白，小白究竟被爸爸送到哪個朋友家了呢？劉媽媽家嗎？不會的，劉媽媽最不喜歡貓狗，爸爸不會送給她的。那麼會不會是陳媽媽家？陳媽媽是喜歡貓的，她家又離得很遠。對，爸爸一定是把牠送到陳媽媽家了。陳媽媽如果知道我那麼想念小白，她一定會把牠送回給我的。她送來，爸爸就

不好意思不留下了。對了，我放學以後，就先搭車到陳媽媽家去看看，小白究竟在不在她家。小玲越想越高興，彷彿小白一定是在陳媽媽家，她今晚一定就可以看見牠了。

小玲實在太想念小白，放了學，也忘了媽媽會掛念，就背了書包直接搭車去陳媽媽家。到了陳媽媽家，出來開門的是阿秀，小玲連忙問她：「阿秀，我爸爸有沒有把我的貓小白送到你家來？」

「有呀！」阿秀眼睛瞪得大大的回答。

「啊呀！太好了。」小玲高興得馬上往裡跑，「我要請陳媽媽明天送回給我，爸爸就會把牠留下的。」

「送回給你？牠已經跑啦。」

「跑啦？怎麼會讓牠跑掉的呢？」小玲快要哭了。

陳媽媽出來了，陳媽媽抱歉地對她說：「小玲，你爸爸把小白送給我，我原是要好好養牠的，誰知牠怕生，一整天只是叫著不吃東西，我昨晚把牠關在屋裡一夜，今早一看，原來牠已經從門下面鑽出跑了。怎麼找也找不到。我心裡也很難過，牠出去不是要挨餓嗎？」

「陳媽媽，牠在外面沒有飯吃，就會當野貓了，當了野貓，時常要挨打的，怎麼辦呢？」

「你不要著急，我一定想法子把牠找回來。」

「怎麼找呢？」

「我煮點香香的魚飯，端著碗，一路叫，牠聞到魚香就會來的。」

「陳媽媽，牠要是回來了，你把牠送回來給我們好嗎？你就說小白怕生，小白在你家不吃飯。」陳媽媽點點頭笑著答應了。其實她心裡很著急，也很抱歉。她沒有好好的看顧小白，小白還不知道逃到哪兒去了呢。

小玲揹著沉重的書包，慢慢的走回家。她的心跟書包一樣沉重。她不搭車了，因為她想一路走一路找，也許會找到小白，小白跟她那麼好，牠一定會聞到她身上的味道的。老師說過，動物都有第六感，像電一樣，彼此會有一種感應的。於是她提高聲音喊：「小白，咪咪，小白，咪咪。」她也不怕路上的行人笑她，她更忘了媽媽在家已等得發急。天都快黑了，從陳媽媽家到她自己家是要走完一條長長的馬路，再穿過一片曠野的。小白

會不會躲在曠野的樹叢中呢？「小白咪咪，小白咪咪。」小玲一直叫著、找著，可是小白沒有出現，牠真的不知道逃到哪兒去了。聽說狗會認路，貓卻不會，那麼小白再也找不到回家的路了。爸爸好狠心啊，使乖乖的小白，變成沒有人愛的野貓。想到這裡，小玲的眼淚撲簌簌的掉下來了。

　　她垂頭喪氣的想著，卻沒留心已下起雨來。雨滴好大，像豆子似的打在小玲的頭上、臉上、肩上，不一會，小玲已經全身濕透了。雨越下越大，小玲只好捧著頭拚命跑。這時候，她真希望她媽媽會打著傘跑出來接她。平常，一遇下雨天，她沒帶雨衣，媽媽就會到車站接她的。可是她現在一直跑到巷口，仍沒看見媽媽，媽媽一定生氣不理她了。她趕緊跑進巷口，卻聽到一聲微弱的叫聲：「咪嗚，咪嗚。」

　　是小白嗎？在哪裡？可是小白的叫聲很響亮，牠已經是半歲的貓了，聲音不是這麼小的。她正納悶，卻看見垃圾箱邊的一灘泥窪中，有一隻黑黑的小貓在蠕動，牠渾身都濕透了，毛緊貼在身上，冷得直打哆嗦。身體

瘦小得跟老鼠一樣，只有兩隻耳朵卻非常的大。小玲呆住了，怎麼辦呢？這可憐的小貓，是誰那麼狠心把牠扔在垃圾箱的呢？下這麼大的雨，牠馬上就要淹死了。她顧不得爸爸媽媽會罵，就伸雙手把可憐的小貓捧起來，跑回家中。

「小玲，你到哪裡去了？」爸爸一見小玲，又著急，又生氣地大聲問，一看見她手裡的髒小貓，更是生氣：「你怎麼又弄隻小貓回來啦。」

「不是的，爸爸，是在巷口垃圾箱裡撿來的，我要是不救牠，牠就會死了。」

「快放在地下，洗手去，我來給你換衣服，你媽媽已去學校找你了，我回來還沒見到她呢！」

「爸爸，請你幫我救救小貓吧。」

「傻孩子，外面被人丟掉的小貓多得很，你哪裡救得了那麼多。你看多髒，爸爸就不要你碰髒東西。」

爸爸嘴裡雖這麼說，還是找了塊舊毛巾把小貓輕輕擦乾，幾根稀稀疏疏的毛豎著，小身體像一根小木柴棍子。只是發抖，抖得爸爸的心也軟了。拿杯子沖了杯牛

奶，倒在小碟裡給牠喝。拍嗒拍嗒的，一下子小貓就舔完了；再倒一碟，又舔完了。小貓抖抖身子，精神好多了，在地上慢慢地爬著。

爸爸兩眼盯著小貓，心裡想：怎麼辦呢？剛送走一隻那麼漂亮的小白，卻來了隻這麼瘦這麼醜的小黑貓。小玲真是個多管閒事的孩子。不能，絕不能讓她養，明天我還是得把牠攆走。爸爸哪裡知道，小玲剛才就是去找她的小白呢。

媽媽一身濕透的回來了，一見到小玲就問：「你怎麼放了學不回家呀？」

「我去陳媽媽家找小白。」小玲說。

「去找小白，找到沒有？」媽媽跟爸爸互看了一眼。

「沒有，小白不見了。陳媽媽說牠叫了一夜就跑了。」小玲很傷心地說。

爸爸沒有再說話，但他心裡對小玲也很抱歉。他後悔不應該把小白送到陳家。下這麼大的雨，小白躲到哪裡去了呢？他望著在地上搖搖晃晃爬著的小黑貓，心裡也沒有了主意。

　　媽媽把小玲的頭髮擦乾了，衣服也換了。又特地煮了魚飯餵小黑貓吃，小黑貓喝夠了牛奶，又吃了一頓豐盛的晚餐，就在沙發邊呼呼地睡著了。

　　小玲做完功課，睡覺的時候，媽媽悄悄地問她：「小玲，你打算留下這隻小黑貓嗎？」

　　「媽媽，小黑貓太可憐了，請你求爸爸答應我收養牠好嗎？」

　　「爸爸不會答應的，等牠精神稍微好一點，還是送給旁人吧。」媽媽說。

　　小玲心事重重地躺上床，她並沒有馬上睡著，這隻小黑貓應該怎麼安頓？還有她的小白，大雨天在什麼地方躲雨，牠會不會在找她呢？

　　第二天一早，小玲要上學了，她不放心小黑貓，便悄悄地把牠裝在書包裡，又把水壺裡的水倒掉，把媽媽給她的牛奶倒了半杯在水壺裡，就提起書包上學了。

　　「咪唔、咪唔。」上課的時候，小玲的抽屜裡叫起來了。

　　「丁小玲，你抽屜放著什麼玩具？」老師生氣地問。

「老師，不是玩具，是一隻小貓。」小玲站起來說。

「上課怎麼可以帶小貓？」

「因為放在家裡，爸爸會把牠丟掉。」

老師笑了，全班同學都笑了。小玲一本正經地央求：「老師，你可不可以勸我爸爸，請他答應我養貓呢？牠太可憐了。」

老師說：「好，但是你現在先把牠交給校工老劉，課堂裡是不能有貓的。」

小玲把小貓捧給老劉，牛奶也倒給他，拜託老劉替她暫時養著。恰巧老劉是個非常喜歡小動物的人，他養了一隻狗，還有一隻兔子都非常可愛。

放學時又下起雨來，小玲想起她那隻流浪的小白是不是會跟黑貓一樣，淋得渾身透濕，又冷又餓的在垃圾箱旁邊打哆嗦呢？她越想越著急，一時又忘了媽媽昨天等她等得那麼心焦，便又背起書包，走向陳媽媽家的那條路。她總想著小白大概會在那附近一帶的。她穿著雨衣慢慢地走，鑽進樹叢中喊叫：「小白，咪咪，小白，咪咪。」樹叢中是黑黑的，沒有小白的影子。雨太大了，

她的頭髮都淋濕了。身上有點冷，肚子也餓了，只得回到家裡。來不及聽媽媽咕嚕，就躺在床上。她感到頭痛，手心發燙，嗓子痛。媽媽一摸她的頭，就知道她受涼發燒了。媽媽心裡真著急，就埋怨她說：「小玲怎麼這麼不聽話，天天冒雨出去跑呢？」

「媽媽，我要找小白回來嘛！」

「傻孩子，貓一迷失了，就找不到原路的，你不要再找了。」

「天下雨，牠又冷又餓，怎麼辦呢？」

「不要擔心，牠會找地方躲的，所有的野貓沒有人照顧，都會自己想法子活下去的，這是動物的本能。你心疼牠，媽媽知道，可是你也要當心自己的身體，你病了，媽媽擔心啊。」

小玲伏在媽媽懷裡，不由得嗚嗚的哭起來了。她想起剛才冒著雨在樹叢中找小白那種冷清、心慌的情形，沒有媽媽的保護，她就變得那麼膽怯，無依。那麼小白失去了她的保護，不也是一樣的無依嗎？她哭了好久好久：媽媽拍著她，親著她，才勉強止住嗚咽，她也不願

讓媽媽太操心，她是媽媽的乖女兒啊！

　　吃了藥，她漸漸睡著了。第二天剛好是星期天，小玲不必上學，清早一覺醒來，睜開眼睛，看見明亮的陽光從白色的紗帘透進來，風微微地吹著，今天是個好天氣，她第一個念頭就是想到小白，小白在什麼地方躲了一夜雨，現在一定出來在太陽裡舔身上濕濕的泥漿了。小白最愛清潔的，牠連腳趾縫當中的泥都舔得乾乾淨淨呢，爸爸說牠髒，真是冤枉。

　　爸爸從外面興匆匆地走進來，兩手放在背後，高聲喊：「小玲閉上眼睛，伸出手來，猜爸爸給你一樣什麼東西。」

　　小玲把雙手伸出來，她心裡在猜，爸爸又給她一樣什麼呢？爸爸是真愛她，他常常給她買她喜歡的東西。可是今天他給她什麼都不會快樂，因為小白不見了，爸爸給她的絕不會是第二個小白。

　　「小玲，你聽。」爸爸說。

　　「咪唔，咪唔。」

　　這不是小白的叫聲嗎？小玲連忙睜開眼來，可是她

失望了。放在她手裡的是一隻呆呆地瞪著大眼睛的金黃色玩具貓，媽媽前天說的那種假貓。不是會跟她跑，跟她玩的小白。

「爸爸聽牠叫聲很像小白，特地為你買的，你喜歡嗎？」

小玲不願爸爸掃興，只得輕輕地說：「喜歡。」

小玲抱著玩具貓，心裡想如果牠是小白該多好？爸爸怎麼懂得小玲的心意，小白不是玩具可以代替的，況且小白沒有了家，正不知道多麼驚慌，多麼傷心。

下午門鈴響了，她一聽是陳媽媽的聲音，馬上坐起來問：「陳媽媽，你是不是送小白回來了。」

「小玲，小白一直沒有回來，牠真的迷路了，我真對不起你，沒有好好的照顧牠。」

「陳媽媽，這不能怪你，是爸爸不該把牠送到一個陌生的地方去的。現在，牠變成一隻沒有家的野貓了，可憐的小白。」

陳媽媽是個愛貓的人，她也懂得怎麼照顧貓。她告訴小玲的爸爸一種新方法，就是用少量 BHC 的粉擦在

貓身上，跳蚤都會死去，貓舐了也沒有害處。還有一種專洗小動物的藥水，可以常常給牠洗澡。貓的小毛就會非常的光亮，陳媽媽還講了許多關於貓的常識，說貓嘴上顎的嵌，越多越好，七個是最普遍的，九個就是最機靈的名貓。一胎只生一隻的是龍，兩隻的是虎，五隻就是五虎將，把牠們放在篩子裡一搖，不跌倒的一隻就是虎王。聽得小玲入了神。小玲在追憶，小白上顎有幾個嵌呢？她忘記數了，好像很多呢，說不定不止七個。小白的媽媽只生兩隻，那麼牠就是虎了，啊，這麼好的貓，爸爸都把牠弄丟了。不過小白既然是一隻名貓，牠一定不會餓死，牠會自己想法子活下去的。

　　小玲的眼中汪著淚水，失去一個好朋友，她心中有一種任何東西都無法補償的空虛。爸爸媽媽、陳媽媽，也不會懂得她這時心中的滋味的。可是爸爸慈愛中帶著歉疚的眼神一直在望著小玲，那眼神在告訴她，如果再有一隻像小白那樣的貓，爸爸是絕不會再把牠攆走的了。於是小玲想起了昨天從雨中抱回來的小黑貓，她明天要把牠從老劉那兒抱回來，她要細心照顧牠，把牠養得跟

小白一樣聰明乖巧，她就喊牠小黑，沒有了小白，又有一隻小黑，也是一樣的。

陳媽媽起身要走了，她從窗外望出去，忽然喊起來，「你看，那邊牆頭上一隻白貓，很像小白。」

「小白？」小玲一骨碌爬起來。

「咪唔，咪唔……咪唔……」白貓一路跑，一路喊。

「小白，是我的小白，牠回來了。」牠真的回來了，小玲已經跑出院子。可憐又可愛的小白，牠終於找到了自己的家，自己的小主人了。牠偎在小玲懷裡，瞇著眼睛，咕咕咕的唸起經來，牠在對她訴說兩天來的驚慌、辛苦疲勞。牠是多麼高興重新見到小主人啊。

「爸爸媽媽，你看小白多聰明，會找到自己的家。」

爸爸媽媽都非常感動，爸爸也伸手摸摸小白，他不再嫌牠髒了。在外奔波了兩天，小白身上仍舊是乾乾淨淨的，小白真愛清潔。

「小白，張開嘴來，讓我數數你有幾個嵌。」小玲扳開牠的嘴數：「一、二、三、四、五、六、七、八、九。九個嵌，陳媽媽，牠真的有九個嵌呢。爸爸，小白

是一隻名貓。」

唔，牠是一隻名貓，單憑牠那麼遠的路會找回來，就是一隻了不起的名貓。

「爸爸，你再也丟不掉小白了，因為牠永遠認得自己的家。」

「你爸爸看你想得這麼苦，怎麼捨得再送走牠呢。」媽媽說。

「你爸爸還會幫著你用 BHC 替牠擦去跳蚤呢 。 」陳媽媽咯咯地笑著說。

爸爸也笑了，他本來心裡的一分歉疚，現在變成很大的安慰了。爸爸輕聲地問她：

「小玲，你昨天抱回來的小老鼠似的醜小貓呢？」

「在校工老劉家，我怕你討厭牠。」

「明天去把牠抱回來 ， 讓你有了小白再有一隻小黑。」

「真的？啊！爸爸，你真好，可是如果小黑嘴裡只有七個嵌呢，你也一樣准我養嗎？」

「那怕只有一個嵌也不要緊。牠是一隻沒有母親的

可憐小貓。只要你愛牠，好好教牠，就會變成最聰明的名貓。小玲，我相信你一定有這耐心的。」

「謝謝你，爸爸，你真是我的好爸爸。」

「咪唔，咪唔。」小白看得出來，這位嚴肅的大主人現在也對牠笑嘻嘻的，非常和善。牠就不由得放肆起來，一下子就跳到他的膝頭上來了。

蔣公的童年

1

　　這是秋天裡一個爽朗晴明的早晨，太陽慢慢爬上了雪竇山頂，照耀著靜靜的、蔚藍的山谷，也照耀著澎湃奔騰的千丈岩瀑布。絢爛的銀珠飛濺開來，撒落在青蔥的樹木和嫣紅的花朵上，把它們從甜美的沉睡中喚醒過來了。小鳥也啁啾地唱起歌來，和雪竇寺裡悠揚的鐘聲相應，顯得一片安詳和恬靜。一位老人，策著手杖，從茂密的竹林中，沿著石級，一步步走上山來。他年紀已有七十開外，一臉慈和的笑容，一身寬大的青布袍子，晨風吹拂著他銀白的鬚髮，飄飄然像神仙中的人。他走到雪竇寺前的山門外，站著休息了一會兒，撚著長鬚，抬頭遠望錦屏山上的佛塔寺，和寺旁參天的古木，又回頭看看那匹練似的瀑布，覺得心神異常的舒暢。他又俯瞰溪口鎮上一排排整齊的房屋，和黃黃的將要收割的稻穀，一派欣欣向榮的氣象，使他回想起年輕時經營鹽茶生意，在這小小的溪口鎮立下了基業。地方上修橋鋪路

等公益事情，他都盡了不少的力量。可是太平天國以後，奉化縣被摧毀得荒涼一片，他一手創立的基業又蕩然無存了。幸好他的兒子能夠繼承他的志願，重新慘澹經營地把家業整頓起來。現在，一切都漸漸恢復舊觀，他自己年事已高，就樂得遊山玩水，蒔花種菜，給窮苦的親鄰們看看病，晚年的日子確實過得悠閒快樂。

今天他一早醒來，不知為什麼，精神上感到特別興奮，就一個人悄悄地爬上山來，眼看這萬丈光芒的太陽照耀著肅穆的山岳溪流，覺得這大自然的壯麗景色，正象徵著人類美好而遠大的前程，老人不由得微微地笑了。

幾個挑著擔子的年輕漢子，從山後轉過來，看見老人，都高聲的喊：

「玉表公公，早喲！」

「你們早，是挑茶葉到我店裡去的吧？」

「是的。這批茶葉可真焙得好呢！」

「你們回頭的時候，給我順便挑點乾糧和茶葉到武嶺庵裡去，那邊昨天就說快沒有了，長工這兩天去城裡販鹽騰不出工夫來，你們幫個忙吧！」

「好，好。你老人家這樣好心，布施過路人的乾糧茶水，後代兒孫一定會興旺呢！」

「我做好事只要自己心裡快樂，並不想將來會得到什麼。」

「好心一定有好報的，玉表公公。」

他們笑著，一路挑著擔子下去了。

玉表公推開山門，走進雪竇寺，他今天興致好，大概又要在寺裡看一個上午的經了。

2

約莫正午時分，一個十二、三歲的男孩子，氣喘呼呼地跑進寺院，連聲喊著：「爺爺，爺爺，您在哪兒呀？」

「什麼事這樣急，孩子？」玉表公慢條斯理地摘下眼鏡，望著他的孫兒。

「媽媽生了個弟弟，剛生的。」急促的呼吸中充滿了喜悅，那孩子再也想不到他是在向這個世界發布了一

位偉人誕生的新聞呢。

「真的？」

「嗯。又白，又胖。眼睛好大，鼻子好高喲！」

「快回去，快回去。」他拉起孫兒的手就走，因為走得太快，腳步都搖搖擺擺地有點蹣跚起來了。

「你爸爸在家嗎？」他問孩子。

「沒有。姊姊說他在祠堂裡給人評事，我馬上就要去告訴他了。」

「那你快去吧！我先回家了。」

孩子連奔帶跳地跑下山，沿著溪一直跑向祠堂去，卻見他爸爸被一大群人跟隨著，興匆匆地走回來了。

「爸爸，報告爸爸一個喜訊。」

「喜訊？」爸爸按住孩子的肩胛。「你先別說，讓我猜，是不是你媽生了？」

「生了個又白又胖的弟弟，眼睛好亮，鼻子好高喲！」

「恭喜，恭喜！這是你們蔣府上的福氣。」大家齊聲說。

　　肅庵先生實在是太高興了，他伸手把孩子跑得纏在脖子上的辮子解開，又摸出手帕給他擦擦汗，卻一時說不出話來。半晌，他抬頭望望太陽，才自言自語的說：「今天是九月十五，現在正交午時吧！」

　　「正是的。肅庵先生，今天一定是個好日子。」跟在後面的一個人說。他剛才正為稻田通水的事幾乎跟人吵起來，經肅庵先生一番公平的勸解，馬上就心平氣和，願意給人方便了。他心裡一高興，就特別覺得今天是個好日子。

　　「可不是嗎！在我心裡，一年三百六十天，天天都是好日子呢！」肅庵先生呵呵地笑了。

3

　　午後，暖烘烘的陽光照著高懸著的玉泰鹽鋪的招牌，閃著燦爛的金光，也照著櫃檯邊一缸缸雪白的鹽花，顯得整個店鋪格外的光明、興旺。三歲的小寶寶掙脫了母親王夫人的懷抱，搖搖擺擺地在店裡走來走去，他伸著

小指頭在鹽上橫七豎八地劃一陣，又抓起一把鹽撒在地上，覺得非常好玩。在那雙烏亮的大眼睛裡，反映出來的世界是那麼新奇而可愛，小心靈對什麼都發生興趣，都想一探究竟。玉表公在一旁含著旱煙筒笑瞇瞇地看著他，他就爬上爺爺的膝頭，摸著他銀白的長鬚喊：「爺爺，好看。」

「爺爺老了，有鬍子。你看到老人就要喊公公，磕個頭。」爺爺把小孫兒的頭按一下，教他尊敬老人。

「拜拜，公公。」他一雙小胖手握在一起，向爺爺一上一下地擺動。

「對了，我的乖寶貝。」爺爺樂得合不攏嘴。

這時，王夫人端了一碗飯走來，連筷子一起放在小矮桌上說：「瑞元，去端凳子來吃飯飯。」

「噢！吃飯飯。」他馬上跳下去端小凳子。

「給他一個小湯匙吧！他這麼小還不會拿筷子呢！」爺爺說。

「他會學著自己拿筷子了。」

玉表公噴著煙微笑地點點頭。

　　小寶寶已經坐下來，小拳頭一把捏起筷子就想挖飯吃了。

　　「瑞元，筷子怎麼拿的？」王夫人捏著一雙筷子遞給他看。

　　他看看媽媽的手，又看看自己的手，馬上用左手幫忙，十分吃力地把右手手指頭擺好，神氣活現地伸給爺爺看：「爺爺，喏。」

　　「寶寶真乖，寶寶會用筷筷了。」爺爺拍著他的頭。

　　他低頭吃起飯來，一會兒碗裡就空了，可是小肚子還沒有飽呢。堂屋裡已經開上飯，爺爺和媽媽都到裡面去了，爸爸剛從外面進來，他把碗捧過去喊：「爸爸，添。」肅庵先生看見撒在地上的飯粒，笑笑說：「瑞兒，先把地上的飯拾起來，放在桌上，再去請媽媽添飯。」說著，他伸手把兒子滿臉滿胸膛黏著的飯擇在手心裡，站在一旁看著。

　　孩子蹲下去，小手指頭耐心地一粒粒把飯拾起，他知道，爸爸的話一定要聽的。吃好了飯，他還記得要把桌上的飯撿在碗裡，送給咯咯雞吃哩。

　　大家吃完晚飯，正在屋子裡說著話兒，忽然聽見他在後院裡咿咿呀呀地叫起來：好像被什麼扼住了喉嚨，發音異常的困難。王夫人趕緊跑去，抱起他來，原來他把一枝長長的竹筷子插進食管，已經塞進一大截。他媽媽急得什麼似的：要是馬上抽去，又怕傷了他的喉嚨；好容易由爺爺捧著頭，爸爸抱著肩，她才謹慎小心地把筷子慢慢取了出來，頑皮的小寶貝總算平安無事了。可是她忍不住生氣地說：「你這孩子，怎麼這樣多的花樣？」

　　「媽媽，寶寶的喉嚨很深哩！」他摸摸脖子仰起頭喊。

　　「這孩子就是好奇，他真是要測測自己的喉嚨有多深呢！」他爸爸心疼地說。

　　「我真擔心他戳傷了聲帶，變成啞巴。快抱他早點睡去吧！」玉表公有點不放心。

　　第二天一早，他就來看孫兒是不是好一點兒了。孩子聽見爺爺的腳步聲，一骨碌爬起來，跪在床上，把頭

伸出帳外喊：「爺爺，寶寶會說話，寶寶不啞。」

爺爺、爸爸和媽媽都笑了。可是他們知道，這孩子的小心靈裡要探究的事物正多，將更有層出不窮的冒險把戲，使他們大大地為他操心呢！

4

孩子漸漸長大起來，雖然越發的愛活動，卻也顯得比別的孩子更懂事。有時，他像一匹不羈的小馬，跑得很遠很遠。有時卻端一張矮凳，坐在媽媽膝前聽她講古來聖賢豪傑的故事；他聽著聽著，就漸漸提出問題來。

「媽！古時候有這麼許多大人物，現在是不是也有呢？」他問。

「當然有，孩子，每一個人都可以當大人物，只要自己肯上進。」

「媽！我也要做個大人物，我要天下的人都曉得我好。」

「那麼你現在就要學了。不過大人物是要替人做很

多的事，並不只是為了要人家曉得你好。你懂嗎？」

「我懂。媽，我要聽話，幫媽媽做事。」他一臉純真中透露著聰穎，抬頭望著媽媽；媽媽心中萬分喜悅，於是教他早起自己梳洗完畢，疊好被，就隨著哥哥打掃屋子。掃帚握在他手裡，比他的人還高出一個頭，可是他掃起來很起勁，從不喊一聲累。掃完了地，再跟爸爸到院子裡澆花撿樹葉，做完了這許多工作，才能吃早餐。餐後要自己洗淨碗筷，放在櫥裡，然後才可以出去玩。可是現在他心裡卻惦記一件新奇的事，吃飯的時候，就有一點心不在焉，放下筷子一蹦一跳地想往外跑；後面媽媽就喊了：

「瑞元，慢點走，你回來。」

「什麼事，媽媽。」他心裡非常著急。

「你看看什麼事忘記做了？」

「洗碗。」他慚愧地扭著手指頭。

「還有碗裡剩下這許多飯，媽不是告訴你，吃飯不許剩一粒的嗎！現在你把飯吃完了，洗好碗再走。」

「媽，我要去看魚！」

「孩子，這是你自己的事，你一定要做完才能去玩呀！」

他只得又端起碗來，把剩飯吃完了，洗淨碗筷，媽媽笑著伸手接過來，慈愛地摸摸他的頭說：「現在去吧！媽幫你把碗筷放在櫥裡。」

他一溜煙地跑出去了。王夫人望著他活潑的背影，心裡想，孩子已經一天比一天懂事，該送他跟老師讀書了。於是她和肅庵先生商量，要送他到任介眉先生的家塾去念書，稟告了爺爺，爺爺也答應了，並且給他取了學名叫志青，六歲的孩子就正式上學讀書了。

5

那時候的學塾不像現在，並沒有遊戲的活動。他在課餘的時候，常常一個人爬上附近的山嶺，倚在岩石上，展望著天空、雲彩、山峰、瀑布。他那龍虎般活躍的心靈，已有一個可供馳騁的小天地了。他的老師介眉先生並不攔阻他，也不責罵他，他耐心地讓他的學生玩個痛

快，然後拿出書來放在他面前，嚴肅地說：「志青，你記得怎樣答應你媽要做個大人物的話嗎？大人物第一要先把書讀通，你應該加緊用功才對！」

他想起媽媽對他講的話，明白自己每天離開媽媽來這裡，是為了讀書，不是來玩的，於是立刻坐下來專心誦讀。「人之初，性本善」，經過老師的講解，他雖然還不能具體說出心裡所想的是什麼，可是他那宏大的志願，已經微妙地在他小小的心田裡發芽孳長了。

有一次，介眉先生牽著他的手到野外散步。那是一個風暖花香的仲春季節，雨後的馬鞍山，顯得格外青翠。滔滔的山洪下瀉，注入剡溪，在武嶺山下，水勢就迴旋轉折，在岩石間激起鏗鏘的碎玉之音。溪對岸那一片青蒼的竹林，和湛藍的武嶺潭相映照，呈現出一派莊嚴肅穆的氣象。他們在潭邊徘徊良久，深沉的潭水是那麼寧靜而明亮，山川樹木，飛鳥行人，都清晰地倒映在潭中。介眉先生指著潭水說：「志青，你看這水是多麼深不可測。它既是靜的，卻又是動的；動才能保持如此的潔淨，靜才能反映出外界一切的景色。」

　　老師的話說來雖然深一點，可是聰穎的學生卻能完全領會他的意思，他若有所思地點點頭，彷彿覺得自己的心也像潭水一樣，有這麼深，這麼亮。因為他有時是那麼喜歡滿山遍野地跑，欣賞著大自然的美，有時又喜歡一個人靜靜地坐著沉思，許許多多道理，好像都在他心目中一連串地出現了。

　　他跑到潭邊，蹲下來細看碧清的水。忽然發現一大群小魚竟迎著傾瀉而下的激湍掙扎著向上游去。可是因為力氣太小，幾次被激流倒沖下來，他們還是努力地向前衝。他呆呆地看了半晌，老師走過來問他：「志青，你在想什麼？」

　　「老師，你看這些小魚多勇敢啊！」

　　「是的，這樣急的水，就好比困難驚險的環境。我們人遇到這樣的環境，也要勇敢地向前衝呢！」

　　他一聲不響地聽著，心裡正在想媽媽跟他講過的許多故事，那些英雄豪傑都是遇到許多困難，吃過許多苦的，他覺得自己也像小魚似的，身體雖小，卻渾身都是氣力。

6

隔了幾天，他一個人跑上文昌閣，對著至聖先師孔夫子的塑像，肅然起敬地鞠了一個躬，然後爬上欄杆看外面的風景。他老遠地望見山頭一條銀白的瀑布，傾瀉而下，耳中還聽見潺潺流水聲。看見水，他就想起溪裡那一群小魚來了。他又一口氣跑到溪邊，果然看見有一群小魚正在急流裡向上衝。他立刻脫去短褲，躍入溪中，也學著小魚用力向上游。水勢太大了，七歲的小孩還不能熟悉水性，幾乎被淹沒了。可是他一點不心慌，最後還是衝到了上游。他喘著氣，得意地爬上來，光著胳膊坐在石頭上休息，恰巧他父親肅庵先生走來看見了。

「你在這兒幹什麼？」他急忙問。

「爸，我在學著小魚衝鋒呢。」他跳起來說。

「快穿上衣服回家去，當心受涼！你媽到處找你。」做父親的看到兒子有這一股勇敢的傻勁，雖然為他擔心，卻也著實高興呢！

他牽著兒子的手，回到家裡。王夫人正急得什麼似的，他笑著把兒子游水的事告訴了她，她一把拉過孩子來，責備地說：「你怎麼這樣野，真把我急壞了。」

「媽不是教我不怕困難嗎？我在學啦！」

「那溪水多急，淹壞了怎麼辦？」

「不會的。媽，小魚都游得上去哩！」

「說，以後不再在急流裡游水了。」做母親的怕他再去冒險。

「我不能說，我不能騙您說不游，又偷偷地去游；我實在太喜歡水了。」他的眼睛睜得又大又亮，似乎不懂得母親為什麼要阻止他做這件事。

「好吧，孩子，只要你有把握不被水捲去。不過，你千萬記住，在危險的時候，一定要格外鎮靜！」

「不會的，剛才我就很鎮靜嘛！」他得意地摸摸挺起的胸膛，母親看到愛子一股堅強不拔的神情，不由從心底湧起無限的喜悅。

7

在學塾裡，他並不是年紀最大的學生。可是他那一股理直氣壯、不屈不撓的神氣，卻使許多頑皮不講理的同學都怕他，幼小文弱的同學又都仰仗他的保護。因此他被認為是一個愛打抱不平的「小英雄」。有一天，他很遲才回家，放下書，悶聲不響。王夫人笑著問他：

「你怎麼啦，被人欺侮了？」

「我是從不被人欺侮的，我也最恨欺侮旁人的人。」他鼓著腮幫子說：

「今天我跟那個強橫霸道的傢伙打起來，老師罰我站了一個鐘頭壁角。」

「你為什麼跟他打呢？」

「他欺侮了一個小同學，我實在看不過，就站在門口等他出來，冷不防給他一拳。媽，他被我打出鼻血來了。」說著，他咧開嘴得意地笑了。

「這倒是你不對了。他不好，你應當勸他，為什麼

動手就打呢！」

「不講理的人，就用力量對付他，沒有什麼客氣。」
他還是氣虎虎地。

「這是不對的，瑞元！對朋友有對朋友的道理。你
總該先勸勸他，他不聽你的話，以後就可以不跟他在一
起。動手打人，講強權暴力總不是正當的。」她知道兒
子有時脾氣過激，就趁機溫和地勸導他。他低下頭不作
聲了。

「老師罰你站壁角，你怎麼跟他說呢？」她又問。

「我一句話也沒有說，我寧可受冤枉，也不願意那
個小同學被欺侮。」

王夫人點點頭，她再也不忍心怪兒子了。因為她看
出這個孩子剛強不屈的性格，將會有助於他遠大的志向。
對他純真天性的流露，是不宜過分加以抑制的。她又想
起他以前更小的時候，已經有著與群兒不同的表現了。
他最喜歡扮演臨陣作戰的遊戲，在一群孩子裡，他總是
個領導人物。手握竹枝，騎在祠堂牌坊前的石鼓上，作
指揮官騎馬的姿勢，指揮著他的同伴，同伴們也都個個

服從他。親友們看他威風凜凜的神態，都來跟她說：「你的兒子將來一定是個大將軍。」她雖然嘴裡連連謙遜，心中卻著實高興呢。

　　新年裡滾龍燈，龍燈到他家院子裡時，他就悄悄跑去把大門關上，然後要求把龍燈頭給他拿著，蹦蹦跳跳地大滾一通，滾得後面拿龍身龍尾的，只得跟著他團團轉。待他滾得過了癮，才肯開門放他們回去。關於這些頑皮的事，母親都沒有怎麼阻止他，因為他是個最愛熱鬧而又逗人喜歡的孩子。也許有人會怪她過分驕縱孩子了，可是她不這麼想，她深知自己的孩子是一個不尋常的孩子，決不會被寵壞的。事實證明了她的眼光遠大：這個不尋常的孩子，就是日後領導中華民國的民族領袖　蔣中正先生。

8

　　上天要是準備託付重大責任給一個人的時候，往往安排艱難的環境，來啟發他的心志，勞苦他的筋骨，作

為磨礪的砥石。就在那個不平凡的孩子長到八歲和九歲兩年間，他的祖父和父親都不幸相繼去世。從此孤兒寡婦，形影相依，開始嘗到人世艱辛的滋味。

那是一段陰沉的日子，全靠王夫人矢志撫孤，一面對付地方上的土豪劣紳和無賴親族，保住一點產業；一面加緊對孩子的教育，把整個的希望放在孩子身上。

八、九歲的孩子，也更懂得慈母的期望，更加努力學業。

在蔣謹藩先生的學塾裡，幾十個學生正在用心聽老師講美利堅共和國的歷史。老師說，美國總統雖為一國元首，卻自認是人民公僕，生活非常簡單，並不像清朝的官吏那麼前呼後擁地作威作福。同學們聽了都覺得很希奇。一個學生霍地站起來說：「這有什麼希奇呢！大總統是一個人，平民百姓也是一個人，總統的起居行動，自然應該跟平民一樣！」

同學們都轉過臉來，驚奇地看著他。蔣老師摘下老花眼鏡，連聲讚許地說：「好孩子，你說得對。」原來這孩子正是他的得意弟子蔣志青，他早已看出他的器宇不

凡，絕非尋常孩子可比，所以他給他講授經書也格外的熱心了。

　　關於《大學》的修齊治平之道，《中庸》的智仁勇三達德，《論》、《孟》的孝悌忠信之義，他都特別加以詳盡的講解闡明，必使他的學生能夠完全心領神會。他的學生不僅對經書的微言大義，深深地有所領會，而且能馬上身體力行。自從屢遭大故之後，他雖只是一個十幾歲的孩子，卻已經懂得自己對國家、對家庭的責任重大。在學塾裡，他埋頭勤懇地讀書。回到家中，就幫著母親操作家務。不論什麼天氣，他每天總是黎明即起，輕悄悄地打掃好了屋子，拿一本書坐在母親身邊，就著窗格子投進來的晨光默讀著。母親醒來，看著兒子一本正經的大人氣，她緊緊握住他的小手，心中不禁又辛酸、又快慰：

　　「孩子！你就是我的希望。我只有一個目標，就是我家的家聲必須重振；只有一個信念，就是我必須把你教養成人，為國家民族爭取光榮。」

　　「媽的苦心我知道，我一定不辜負媽對我的期望。」

他肅然地說。

「你今年十二歲，已經讀完了四書，蔣老師對你的教誨與啟發你都能領會了。明年我想送你到嵊縣葛溪你外公家，跟姚宗元先生讀《尚書》，讀完《尚書》，再跟毛鳳美先生讀《易經》、《左傳》。古代的經典，你都要能了解，這是經世救國的基本學問，而不是為了要做官。腐敗的清廷之官，你爺爺和爸爸早就立志不做了。」母親說到這裡，深深嘆了口氣，拍拍兒子的肩膀說：「時候不早，你快去洗臉，吃了早餐，上學去吧。」

9

夜深，王夫人在搖曳的燈光下趕好了一雙布鞋，又縫衣服，因為她的兒子明天就要去嵊縣讀書了。

「媽還沒睡哪？」孩子捧著整理好的書包進來問。

「再有兩粒扣子釘上就好了，你先睡吧，明天一早就要趕路呢。」

「我在船上可以睡，媽太辛苦了。」

　　她放下針線，牽過兒子的手，看他鼻圓口方，英俊的雙眉下，一對眼睛炯炯有神，心中覺得萬分歡喜。

　　「瑞元，這是你第一次離開我，出門讀書，用功學業以外，身體要自己知道當心啊。」

　　「媽，我會自己知道當心的，媽平時教誨我的話，我都時時牢記心頭。只是我走以後，媽一個人在家格外的冷清了。」

　　「只要你記得常常來信，就跟見面一樣的，男兒志在四方，怎麼可以一直守在家裡呢？」她雖這麼說，眼淚卻已經忍不住落下來了。

　　「媽，過年的時候，我就回來，我要把老師教我的書都講給媽聽，看我懂得多少。」

　　「好，你現在去睡吧，媽也陪你躺一下。」她陪孩子到裡屋，看他脫好衣服上床，又把他的被角按緊。自己在床沿上坐下來，對著牆上公公和丈夫的照片沉思起來。她回想這幾年艱難困苦的日子，已被她咬緊牙根掙扎過來，孩子是如此聰明懂事又有志向，她總算對得起公公，對得起丈夫了。

　　第二天，在赴葛溪的船上。哥哥見弟弟小心翼翼地打開包裹，取出一雙草鞋，把腳上的布鞋脫下來拍去泥土，放進包裹，然後穿上草鞋。

　　「你為什麼穿草鞋？」哥哥問。

　　「新鞋穿了多可惜呀！那是媽特地給我趕做起來的。我要節省著穿，她就用不著辛辛苦苦常給我做鞋子了。」

　　「弟弟，你真孝順。」哥哥心中也萬分感動。

　　到了葛溪，哥哥悄悄地把這件事告訴姚宗元先生，姚先生對他這位不平凡的新學生，自是格外的器重了。

　　在姚先生處，他讀完了《尚書》和《唐詩三百首》，而且都會做詩了，這天他隨老師出外散步，老師指著竹子說：「試試看，做兩句詩。」

　　「一望山多竹，能生夏日寒。」稍加思索，他便做出來了。

　　「好詩，好詩。」老師連連點頭讚許，他看出他的學生正是前程無限呢。

　　很快地，他讀完了《易經》、《左傳》和《綱鑑》，現在他已經十七歲，長得魁偉的高大個子，儼然是一個挺

秀英俊的少年了。

10

回家探望母親的時候，王夫人對他說：

「瑞元，你已經讀完四書五經，對國學已有相當基礎，我想讓你到城裡鳳麓學堂去學習新的科學知識，你願意去嗎？」王夫人看著他無限欣慰地說。

「媽，我也正有這個意思呢。這些日子我心裡非常難受，聽到的都是些不好消息，義和團作亂，八國聯軍打進了北京城，滿清政府和他們訂了和約，再這樣下去的話，國勢是一天比一天更危險了。」

「你能這樣關心國事，我非常高興。不過你年紀還輕，第一先要充實自己。」

「是的，媽！那麼我就轉學到鳳麓學堂吧。」

在鳳麓學堂讀了一年，因為課程和設備等等都不如理想，所以他又轉到鄞縣的箭金學堂跟顧清廉先生讀書

了。

「你為什麼要離開鳳麓學堂到我這裡來？」顧清廉老師一見到這個器宇不凡的學生，心中就非常讚賞，撚鬚微笑地問。

「我欽慕先生已非一日，我覺得要使自己成為有用之才，必須從根本的『性』和『理』下功夫，所以要追隨先生。」

「是的，你說得很對。」顧先生點點頭：「我看你有非常的氣質，又能有如此抱負，如能再潛心於性理之學，對你將來的事業，定有莫大幫助，你不妨先把先秦諸子的學說，仔細地研究，一面讀《曾文正公全集》，待有相當心得以後，我還要指導你讀另一部好書哩！」

「儒家思想，就是一個『仁』字，我想請問老師，所謂『性』『理』，是不是也離不開一個『仁』字呢？」他恭恭敬敬地問老師。

「正是。『仁』就是我們不偏不倚的中心。我們稱桃李之核曰『仁』，由這一顆『仁』裡，可以長出根幹枝葉

並茂的樹木來，可見『仁』包含了一切。」

他聽了老師這一席話，心中若有所悟。一天，老師笑瞇瞇地遞給他一部《孫子兵法》說：「你將來定是一位將兵之才，所以應當精讀此書。」

他恭恭敬敬地接在手裡說：「我一定依老師的指導，潛心研讀，我對軍事學本來就有非常濃厚的興趣，只是一直找不到門徑。」

「我曾和你說過『仁』的道理，治兵好像為政，也不離這一個『仁』字，這是我國幾千年立國的根本，行之者昌，違之者亡。你讀了不少書，細細體味，便可豁然貫通了。不過現在滿清政府如此黑暗，國事日非，你既立志救國，除中國典籍之外，還須要吸收西洋學術，了解國際形勢。所以你應該再往國外留學，以廣見聞才是。」

11

顧老師又給他講　孫中山先生倫敦蒙難的經過，使

他感到無限的欽敬。這一席話，對他的影響非常之大。他常常一個人徘徊在靜靜的廣場上，俯仰沉思，他想起父母親對他的期望，師長們對他的教誨，更想起危在旦夕的國家。他沸騰的熱血湧上來，他恨不能效投筆從戎的故事，立刻遠渡重洋去學習軍事。

　　他躊躇了很久，不敢把出國的志願告訴母親，深怕她捨不得放他走。但當他想起十三歲第一次出門時，母親勉勵他「男兒志在四方」的話，他知道母親原是深明大義的人。這樣想著，他就決心回家請求母親許他出國。
　　剛抵家門的時候，王夫人覺得非常奇怪。
　　「你怎麼回來了？」她問。
　　「媽，我回來請求您老人家一件事，不知能不能答應我。」
　　「你先說來聽聽。」
　　「我想去日本學習軍事。」
　　「到日本去，那不太遠嗎？」王夫人微微有點吃驚。
　　「我既立志報國，只是文謅謅地紙上談兵是不夠的，

所以我想出國去學軍事，顧老師也極力鼓勵我能夠出去，媽不會反對吧！」

　　王夫人用慈愛的眼神看著他，沉吟了半晌。

　　「好，我答應你去。」她一個字一個字鄭重地說：「你既有這樣的決心和勇氣，我一定成全你。可是親戚們恐怕都要反對這事，我還得費一番唇舌，才能說服他們呢。」

　　「媽，您真是太愛我，太懂得我了。」他感動地說。可是他還沒有想到，這一筆出國費用，要費慈母多少周章呢。

　　他要對行將闊別的故鄉山水，作一次虔誠的巡禮。於是在一個清晨，他懷著滿腔的興奮，一個人爬上了錦屏山，佇立在佛塔亭裡，放眼遠眺。峰巒高處是參天的古木，靜靜的山麓是茂密的竹林。在這前不見古人、後不見來者的悠悠天地間，他頓然領悟了人身雖似渺小，而生命卻是永恆的。大至山岳河川，小至昆蟲細草，都寓有一個永恆不滅的生機。這生機是向上，是創造，也是完成。想到這裡，不禁萬分欣慰地笑了。他又回頭望

著潺潺倒瀉的千丈岩瀑布，它不分晝夜的奔騰澎湃，正象徵著旺盛的生命，和生命所散發的光輝。人和天地萬物，原應合為一體，人又何嘗是渺小的呢！於是他懷著「會當臨絕頂」的心情，一步步爬上了山巔。太陽普照大地，朵朵如絮的白雲，幾乎飄到他身邊。他翹首高空，頓覺胸懷萬里，禁不住引吭高歌起來。

這一天，他回到家裡，就毅然拿起剪刀把辮子剪去。這一舉動，使原來就不贊成他出國的親族們更為不滿，他們不但覺得他荒唐，還深怕因此引起清政府注意，會有禍事鬧到他們身上。於是他們都遠遠地躲開他，關於他出國的事，就連問也不敢多問了。

12

四月裡一個晴朗的好天氣，王夫人整理好了行李，把一包沉甸甸的東西塞進兒子的衣箱說：「這點錢，你省著點兒用，也許夠了。」

「媽，我不要拿這麼多錢，家裡還要過日子呢。」

「家裡的日子你不必操心，這是我一點首飾換的。」

「媽。」他感動得說不出話來。

「你這次是真正的遠行了，一切要格外當心。」

「我知道。媽也要自己保重，我不能在身邊侍候您了。」

「你去吧！」王夫人揮揮手，把臉轉了過去，盈眶的淚水，是再也止不住地滾落了。

他只得抹去眼淚，提起箱子，一步步地走向征途。王夫人倚在門邊，目送愛子在閃耀的太陽光輝裡漸行漸遠，他魁梧的身影，一直跳躍在她模糊的淚花中。

紅紗燈

琦　君／著

記憶中一盞古樸的紅紗燈，那是紮紮實實的希望
暖光，綿綿溫暖之中的淡淡苦澀有著鄉愁氤氳。
年光流逝，歲月不再重來，但過往值得細細回
味，那些故人舊事、歡樂哀傷，都被琦君的有情
之筆轉化為溫馨的文字，成為暖心的回憶。邀請
您一同踏入琦君的世界。

兩　地

林海音／著

本書為林海音最早期，也是最重要的作品之一，
寫她自小成長的心靈故鄉北平(北京)和實質故鄉
臺灣——這是她一生最喜歡的兩個地方。早年住
在北平時，她常常遙想海島故鄉的人和事，戰後
回到臺灣，又懷念北平的一切。北平栽培了林海
音，臺灣則成就了林海音。她以一枝充滿情感的
筆，寫下了她生命中的「兩地」。

白萩詩選

白　萩／著

本書乃天才詩人白萩《蛾之死》、《風的薔
薇》、《天空象徵》三本詩作的精選集，收錄
了八十三首創世名詩：以圖像自我彰顯的〈流
浪者〉、探究存在主義的〈風的薔薇〉、不斷
追逐的〈雁〉、一條蛆蟲般的〈形象〉、舉槍
將天空射殺的〈天空〉、直探生死議題的〈叫
喊〉……，每一首皆是跨越時代、膾炙人口的經
典之作。

生命的學問

牟宗三／著

哲學大家牟宗三先生學貫中西，融會佛儒，開闢出獨霸一方的哲學體系。本書收集了他的閑散文章，與您分享人生的意義、哲學的智慧。對於生命有所困惑的讀者們，本書能提供您不同的思考方向，正如書名《生命的學問》所揭示的：能夠使我們參省自己的人生，沉澱出自己的學問，體會生命真正的價值所在。

禪與老莊

吳　怡／著

「本來無一物，何處惹塵埃？」由慧能開創出來的中國禪宗，實已脫離印度禪的系統，成為中國人特有的佛學。本書以客觀的方法，指出中國禪和印度禪的不同，並且正本清源，闡明禪與老莊的關係，強調禪是中國思想的結晶，還給禪學一個本來面目。

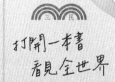

國家圖書館出版品預行編目資料

琦君說童年／琦君著.－－三版四刷.－－臺北市：三
民，2024
　　面；　　公分.－－（品味經典／善）

ISBN 978-957-14-6433-6　（平裝）

855　　　　　　　　　　　　　　　　107008251

琦君說童年

| 作　　者 | 琦　君 |
| 封面繪圖 | 蔡采穎 |

創 辦 人	劉振強
發 行 人	劉仲傑
出 版 者	三民書局股份有限公司 (成立於 1953 年)

三民網路書店
https://www.sanmin.com.tw

| 地　　址 | 臺北市復興北路 386 號　（復北門市）　(02)2500-6600 |
| | 臺北市重慶南路一段 61 號 (重南門市)　(02)2361-7511 |

出版日期	初版一刷 1996 年 8 月
	⋮
	二版六刷 2016 年 4 月
	三版一刷 2018 年 6 月
	三版四刷 2024 年 9 月
書籍編號	S853480
I S B N	978-957-14-6433-6